D1669630

Brigitte Giraud

Das Leben der Wörter

Roman

Aus dem Französischen
von Anne Braun

für Lena
02.08.07
von
Mama Tine

S. Fischer

Die Originalausgabe erschien
2005 unter dem Titel ›J'apprends‹
bei Éditions Stock, Paris

Satz: H & G Herstellung, Hamburg
Druck und Bindung: GGP Media GmbH, Pößneck
Printed in Germany
ISBN 978-3-10-025508-2

»Ich bin dreizehn. Ich bin vierzehn. Ich bin fünfzehn.
Ich lerne den Menschen kennen.«

Louis Calaferte, C'est la Guerre

1

Ich lerne lesen. Ich entziffere die Buchstaben auf allen Verpackungen. Ich kann nicht mehr damit aufhören. Auch während der Mahlzeiten lese ich und murmle vor mich hin. Da-no-ne. Camem-bert. Meinen Augen entgeht nicht die kleinste Aufschrift. Du-ra-lex. Ich lese sämtliche Wörter, auf die ich im Haus stoße. Ra-dio-la. Ich putze mir die Zähne mit Si-gnal. Ich wasche mir die Hände mit Mon-sa-von. Mein Universum öffnet und verengt sich zugleich. Ich lese, spreche alles laut aus, erfreue mich an jeder Silbe. Ich plappere den lieben langen Tag vor mich hin. Unterwegs, auf dem Weg zur Schule, lese ich laut, was an den Wänden steht. Be-freit-Nicoud. Wählt Kri-vi-ne.

Ich lerne lesen, ohne es zu merken, ohne mir dieses Wunders bewusst zu werden. Meine Tage spielen sich neuerdings an einem Ort ab, an dem sich die Welt vervielfacht. Ich bin sechs Jahre alt und gehe zur Schule. Ich gehöre zu einem Ganzen, und vergesse, woher ich komme. Ich vergesse meine Eltern, meinen Halbbruder, meine Schwester. Ich betrete ein neues, unbegrenztes Universum, das aus Vokalen und Konsonanten besteht, und in dem alles möglich ist. Alles findet seinen Platz, auf alles gibt es eine Antwort. Auf der Tafel vor mir stehen nur Lösungen, Wortkombinationen, logische Zusammenstellungen. Ich lerne die kleinen Buchstaben, das Unsichtbare, das Rätsel der Silben kennen und beginne zu begreifen, dass dieses Unerwartete aus mir kommt und dass sich in meinem Inneren etwas tut, etwas Neues, Unermessliches erwacht. Ich sitze in der ersten Reihe, voller Neugier auf das, was noch kommen wird. Was bisher leblos war, erwacht zum Leben. Was fern schien, rückt näher. Was bislang gar nicht existierte, wird plötzlich zum Versprechen. Ich lerne zu lesen und die Welt in mich aufzusaugen.

Ich lerne eine bisher unbekannte Welt kennen, bestehend aus kleinen Mädchen, Kleidern, Mützen und Schals. Dutzende von unterschiedlichen Mädchen, fast identisch. Eine Welt aus Haarspangen, Zöpfen, Pferdeschwänzen. Eine duplizierte Welt, bestehend aus Schritten durch lange Korridore, aus Stiefeln, in die man schlüpft, aus Reißverschlüssen und Knopflöchern. Eine Welt aus Garderobenhaken, Stofftaschen, Überschuhen, gebügelten Schulkitteln und kratzigen Kniestrümpfen.

Eine Welt, in der es seinen Platz zu finden gilt, vorne, hinten, allein oder in der Gruppe. In der man sich auf seinen Platz setzen, sitzen bleiben und stillsitzen muss. Stehend sage ich mein Gedicht auf. Umgeben von Mitschülern trage ich etwas vor, erfahre, wie man sich fühlt, wenn man so vielen Blicken ausgesetzt ist. Augen, die meinen Kittel mustern, mein Kleid, das darunter hervorschaut. Ich lerne, wie man ohne zu stocken ein Gedicht aufsagt, wie man die langen Tunnel ohne Luft zu holen hinter sich bringt, sich dann wieder setzen darf, für eine Zeit in Vergessenheit gerät. Vorläufig gerettet. Es ist eine Welt, in der so manche Gefahr lauert. Trotz der beruhigenden Stimme meiner ersten Grundschullehrerin beginne ich zu ahnen, dass die Gruppe eine Bedrohung darstellt und auch eine Kraft ist, ein Tier, das sich bewegt und nie schläft.

Die kleine Welt kleiner Mädchen aus Fingernägeln und Grimassen, aus unterdrücktem Gekicher, aus Schweigen und Flüstern. Eine kleine Schar Mädchen, die die Treppe hinaufströmen, ihre Mänteln ausziehen, sich brav hintereinander aufstellen, bevor sie das Klassenzimmer betreten, ihre Federmäppchen aus den Schulranzen holen, im Chor wiederholen, dass drei plus zwei fünf ergibt. Eine kleine, unterwürfige Schar, wie eine wogende Welle, die die Schulordnung akzeptiert, indem sie sich in die Brust wirft. Ein kleines Bataillon, bereit zum Angriff, bereit zum Ausruhen. Bereit zu allen Zugeständnissen. Bereit, die Gesetze der Menschen zu lernen, ohne sie in Frage zu stellen.

Du sollst keine andere Weltsicht haben als jene, die man dir in der staatlichen Schule beibringt.

Ich mag die Schule, denn sie ist ein Ort, an dem sich die Welt entfaltet, wo alles neu ist, alles beginnt. Wo man vor jungfräulich weißen Blättern sitzt. Ich liebe diese Welt der Wasserfarben und Farbstifte, des Krepppapiers. Eine

Welt aus Wollfilz, Baumwolle und Bindfäden. Eine Welt der Verwandlung. Am liebsten mag ich die Fächer, in denen man etwas ausschneiden darf; ich liebe es, wenn die Schere ein glattes Blatt Papier zerschneidet, ich liebe den Topf mit dem Kleber, der nach Mandeln riecht, perfekt gespitzte Bleistifte. Ich liebe diese Stunden konzentrierter Beschäftigung, die gestellten Aufgaben, die einen beruhigen, die neuen Bewegungen, die man dabei lernt. Ich liebe es, angeleitet und angespornt zu werden. Beschützt zu sein. Ich liebe es, wenn man die Sachen wieder zusammenräumt, alles an seinen Platz zurücklegt. Ich liebe die zeitliche Abfolge, die genaue Zeiteinteilung. Ich liebe es, etwas zu konstruieren, ob mit den Händen oder mit Wörtern; etwas auszuarbeiten, zu erfinden und zu entwerfen macht mir Spaß. Und ich liebe es, weg von zu Hause zu sein.

Die Schule ist eine Welt aus Herbst und Winter, aus toten Blättern, die man vom Weg aufhebt, genau betrachtet und dann in Hefte einklebt. Blätter von Platanen, Kastanienbäumen, Pappeln. Es ist eine Welt bleicher Sonnen, künstlichen Lichts, tief hängender Himmel und Pfützen auf dem Schulhof. Des Regens, der gegen die Fenster prasselt, des Windes, der die Rollos klappern lässt. Ein Ort der an die Anorakärmel angenähten Wollhandschuhe. Ein Universum aus Gelb und Ockerfarben, aus Grau und Weiß. Aus stacheligen Fruchtschalen, Esskastanien und Walnüssen. Aus Matsch an den Schuhen, aus Schnee und der Aussicht auf Ferien, die einen dann nicht glücklich machen.

Die Schulwelt dringt auch in das Zuhause ein. Ich schlage meine Hefte auf dem Küchentisch auf, nachdem die Krümel des Nachmittagsimbisses weggewischt wurden. Ich zeichne die Linien, auf die ich schreiben werde, während ich am Fenster sitze. Ich male kleine Kringel oben an das kleine O oder unten an das kleine A. Ich konzentriere mich auf die Schleifen des kleinen Fs. Ich lasse die Schule in unsere Wohnung eindringen, die Stimme meiner Lehrerin das Stimmengewirr aus dem Radio übertönen, das fortwährend in der Küche läuft. Das P etwas tiefer nach unten ziehen, sagt meine Lehrerin über meine Schulter hinweg, das L etwas weiter nach oben. Ich tunke meine Feder ein letztes Mal in das Tintenfässchen und schreibe mit großer Sorgfalt: *Mama wäscht das Baby.*

Alle Sätze, die ich in der Schule lerne, fangen mit Mama an. *Mama kocht das Abendessen. Mama näht eine Hose. Mama hat Fieber.*

Das Haus, in dem wir wohnen, sieht wie ein großer Würfel aus. Viermal vier Wohnungen. Im Eingangsbereich: vier mal vier Briefkästen. Vier Mal vier Familien mit vier, manchmal auch fünf Personen. Die Norm der Siebziger. Im Untergeschoss vier mal vier Kellerräume. Ein Ort, den man tunlichst meidet.

Wer in den Keller geht, kommt mit Herzklopfen wieder herauf. Trotzdem kann man hindurchrennen, ohne dass einem etwas passiert. Es gibt keinen langen Gang, sondern ein überschaubares Labyrinth, und dort, wo es am wenigsten dunkel ist, stehen die Mülltonnen. Im Keller

Nummer sieben stehen das Mofa meines Vaters, ein Holzschlitten, drei ineinandergeschachtelte Koffer. Es gibt auch ein paar Lappen, halbleere Farbeimer, Pinsel mit verklebten Borsten, Motorenöl, Werkzeuge, Tapetenreste, ein Hochstuhl, Fahrradschlösser, deren Schlüssel verloren gingen, eine Angelrute, Büchsen für Würmer, ein kaputtes Schlauchboot, Federballschläger, ein Schaukelpferd, eine Fahrradpumpe, Blumenkästen, ein alter Hocker, Gläser. Ein Lederpuff mit Schnörkeln.

Die Schule lässt mich vieles begreifen, und ich lerne gern. Warum Schnecken Fühler haben. Warum ein Ei aus Eiweiß und Eigelb besteht. Warum Wasser verdampft. Ich freue mich, als ich den Kreislauf der Jahreszeiten begreife, den Unterschied zwischen *haut* und *eau*, die so gleich klingen, zwischen Norden und Süden. Ich bin stolz, dass ich weiß, warum es Tag und Nacht gibt, Meere und Ozeane, dass ich Eigenschaftswörter erkenne. Ich freue mich zu lernen, wie man die Dinge dieser Welt nennt, wie sie sich verändern.

Wir lernen das Alphabet. Ich sage es ständig vor mich hin, beim Gehen, beim Essen, beim Ausziehen. Am liebsten mag ich den Schluss, die Aufzählung der kuriosen Buchstaben W, X, Y und Z.

Ich schreibe Sätze mit komplizierten Lauten. Ich kann Wörter schreiben wie *übermorgen, Elefant, Eichhörnchen.* Ich konjugiere Verben in der Gegenwart: *ich sehe, du siehst.* Oder in der Vergangenheit: *Meine Mutter sang.* Ich konjugiere die Hilfsverben sein und haben: *Ich bin glück-*

lich, ich habe Glück. Dabei denke ich über den Unterschied nach, zwischen dem, was ich an die Tafel schreiben muss und dem, was ich wirklich fühle. Ich erfahre, dass zwei Welten gleichzeitig existieren können, ohne dass man es bemerkt. Ich lerne, dass man gleichzeitig lachen und unglücklich sein kann. Ich lerne, dass man lügen kann, ohne es gewollt zu haben. Ich lerne, dass man *ich* schreiben kann, auch wenn man gar nicht von sich selbst spricht.

Irgendwann begreife ich, dass nichts einfach ist. Es muss mir klar sein, dass es diese zwei Welten gibt, die sich überlagern und zwischen denen ich hin- und hergerissen bin. In der Schule ist nichts traurig. Die Lehrerin lässt uns glauben, die Welt sei schön. In unseren Diktaten ist der Himmel fast immer blau. Die Menschen sind heiter, die Kinder fröhlich. Die Natur ist großzügig, Bienen geben uns den Honig, Weinstöcke den Wein. Die Landkarten meiner Heimat Frankreich haben etwas Beruhigendes an sich. Die Loire ist der längste Fluss, die Rhône entspringt in den Gletschern und ihr Mündungsdelta bildet die Camargue. Der Montblanc ist an seinem höchsten Punkt 4807 m hoch. Ich komme gar nicht auf die Idee, er könnte nur 4806 m hoch sein. Ich stelle mir keine andere Welt vor, eine Welt ohne Zentralmassiv, ohne Mittelmeer. Wir leben in einer einzigartigen und perfekten Welt. Paris ist die Hauptstadt von Frankreich. Am Mont Saint-Michel steigt die Flut so schnell an wie ein Pferd galoppieren kann. Korsika ist eine Insel der Schönheit. Die Vulkane der Auvergne sind für immer erloschen. Alles ist in bester Ordnung, genau wie es sein muss. Alles ist endgültig. Es ist möglich zu lernen, ohne etwas zu begreifen.

Ich liebe Gedichte, in denen es um gebrochene Herzen, träge Morgenstunden oder schwermütige Sonnenuntergänge geht. Ich liebe die Sprache der Poesie, mit ihren manchmal so unerwarteten, abstrakten Wendungen, mit ihrer verdächtigen Zartheit. Ich bin stolz, wenn ich vorne am Lehrerpult etwas vortragen darf: *Es weint in meinem Herzen, Wie es regnet auf die Stadt. Was ist dieses wehe Schmerzen, das mich durchbohrt im Herzen?*, auch wenn ich nichts von Paul Verlaine verstehe, auch wenn die anderen Mädchen meiner Klasse mich gelangweilt anschauen. Ich sage diese Sätze viel zu schnell auf, und die Lehrerin sagt, ich solle langsamer sprechen. Ich finde es schön, dass mich die Sätze von Paul Verlaine mit meiner Lehrerin verbinden. Gedichte füllen die Leere aus, drücken aus, was ich selbst nicht sagen kann.

Bei jedem Geräusch im Treppenhaus stürzen mein Halbbruder, meine Schwester und ich zum Türspion und schauen hinaus. Meine Schwester muss mich hochhalten, damit mein Auge in der richtigen Höhe ist. Manchmal sehen wir den Nachbarn von gegenüber, der neue Bretter anschleppt. »Er baut in der ganzen Wohnung Regale auf«, sagt mein Vater achselzuckend.

Ich liebe es, wenn die Lehrerin unsere Namen aufruft und ich »hier« sagen kann. Ich reagiere gern auf meinen Namen, ich mag ihn, obwohl es der Name meines Vaters ist.

Unsere Wohnung ist neunzig Quadratmeter groß. Die Raumhöhe beträgt zwei Meter dreißig. Wir haben zweihundertsieben Kubikmeter Luft zum Atmen. Die Zimmer haben jeweils elf Quadratmeter, mit Ausnahme des Elternschlafzimmers, das zwölf Quadratmeter groß ist. Ich teile meine elf Quadratmeter mit meiner Schwester, aber sie wohnt nicht immer bei uns.

Die Schule ist der Ort, an dem neue Gefühle erwachen. Sie ist der Ort der Bewertung, der Belohnung. Ein Ort der Vereinfachung, der Unterscheidung. Doch das ist mir nicht bewusst. Ich bin nur ein kleiner Fisch im Wasser dieses streng geordneten Systems. Unsere Lehrerin verteilt Fleißpunkte. Für eine gute Note bekommt man einen Fleißpunkt. Das ist einfach, klar verständlich, von bestechender Logik. Die Schule legt Wert darauf, dass alles quantifizierbar ist. Ich sortiere meine Fleißpunkte in einer durchsichtigen Schachtel nach Farben. Immer wenn ich zehn Fleißpunkte habe, tauscht meine Lehrerin sie gegen ein Kärtchen um, auf dem ein Tier oder eine Blume abgebildet ist. Wenn ich zehn Kärtchen habe, gibt mir die Lehrerin ein großes Bild. Die großen Bilder passen nicht in meine Schachtel, ich lege sie daheim in meine Schreibtischschublade. Ich bin stolz darauf und geniere mich nicht vor den anderen, die weniger Bilder haben als ich. Nein, es stört mich nicht, dass mir meine Lehrerin so viele Beweise dafür gibt, dass sie mit mir zufrieden ist. Ich halte die Augen stets offen, bin zu allem bereit, es ist mir ein Bedürfnis zu lernen, Vertrauen haben zu können.

Wenn die Lehrerin eine Frage stellt, heben die Mädchen die Hand. Sie wollen geliebt werden. Sie wollen sich auszeichnen, die Erste sein, die Einzige, die Beste. Manchmal ruft die Lehrerin mich auf. Ich will es nicht zeigen, wenn ich etwas weiß. Ich will nicht wie die anderen sein. Manchmal werde ich grundlos wütend. Und auch neidisch. Die Schule ist ein Ort der Gegenüberstellung, des Vergleichens. Ich möchte nicht nach dem beurteilt werden, was ich weiß. Die Schule ist auch ein Ort der Vereinfachung.

Ich bin Klassenbeste. Darüber bin ich stolz und enttäuscht zugleich. Mein Vater ist beruhigt. Er muss sich um mich keine Sorgen machen. Ich bin nicht wie meine Schwester, die das Haus nicht mehr verlassen will. Die nicht mehr ins Gymnasium oder in die Musikschule geht. Sie geht nicht mehr zu *Casino*, um Zucker zu kaufen, auch keine Flasche Milch. Sie sagt, sie habe Angst. Ich bin Klassenbeste, und folglich geht es mir gut. Ich bin diejenige, der es gut geht.

Die Sache wird komplizierter, wenn das Zuhause in die Schule eindringt, wenn Wissen allein nicht mehr ausreicht, um die Erwachsenen zu beruhigen. Wir müssen inzwischen ganze Sätze verfassen, ihnen einen Sinn geben, ganze Geschichten erzählen. Man muss lernen, noch mehr zu lügen, glückliche Ferien am Strand erfinden, fröhliche Schlittenfahrten im Winter. Sagen, wie sehr man Tiere mag, das Landleben und die herrlichen Düfte des Frühlings. Man muss lernen, sich zu verstecken, sich nicht ertappen zu lassen, das Aufsatzthema nie zu wörtlich zu nehmen. Wir müssen Dinge verheimlichen, die Erwachsenen glauben lassen, dass wir naiv sind, leichtfertig, unbeständig.

Man darf nicht tun, was ich am Anfang mal getan habe, als unsere Lehrerin an die Tafel geschrieben hatte: *Schildert einen Abend im Herbst.* Dann darf man nicht schreiben: Um fünf Uhr wird es dunkel. Das Zischen des Schnellkochtopfs, der Lärm des Mixers, der leere Stuhl meiner Schwester, die Suppenkelle, die Milch, die mein Halbbruder in die Suppe schüttet, weil sie ihm zu heiß ist, das Schweigen am Tisch. Man darf nicht schreiben: Die Frau, die nicht meine Mutter ist, sitzt mir gegenüber. Man darf nicht schreiben, dass mein Halbbruder und ich kurz vor einem Lachanfall stehen und immer verzweifelter werden, je später es wird. Man darf ein Aufsatzthema nicht mit einer echten Frage verwechseln. Ich muss eigens eine Welt erfinden, um sie meiner Lehrerin zu schildern. Ich lerne, dass man nicht alles sagen darf.

Die Frau, die nicht meine Mutter ist, geht durch den Flur und hat weißen Schaum an den Beinen. Ich gehe in der Unterhose durch den Flur und bleibe lange vor dem Spiegel stehen. Mein Halbbruder fährt mit seinem Traktor durch den Flur und gegen die Wand. Ich höre meinen Vater im Flur seine Schlüssel suchen. Es ist fünf Uhr morgens, ich kann noch lange schlafen.

Die Schule ist kein Ort, an dem man sich gehen lassen darf. Kein Ort, an dem man Grenzen überschreiten darf. Man darf die Welt nur in sich aufnehmen und sie dann wiederkäuen. Mit ihren exakten Umrissen, innerhalb streng vorgegebener Grenzen. Die Schule ist kein Ort für Improvisationen, kein Ort für Fragen, obwohl unsere Lehrerin das immer wieder sagt. Wenn wir etwas nicht verstehen, sollen wir fragen. Wir sollen uns trauen. Aber wir trauen uns nicht. Trotzdem liefern wir uns dankbar unserer Lehrerin aus. Sie wird zum Mittelpunkt unserer Existenz, ist der Mensch, der mit uns spricht und uns zuhört, etwas von uns erwartet. Der einzige Erwachsene, der die anderen auffordert zu schweigen, wenn wir das Wort ergreifen. Aber sie ist eine Erwachsene, mit der wir nicht wirklich kommunizieren. Zwischen ihr und uns steht das Wissen, liegen die Attribute, der Zyklus des Wassers, das Einmaleins. Zwischen ihr und uns existiert eine Sprache, die nicht die Sprache ist, die wir von zu Hause kennen. Und es ist diese Sprache, so neu, voller fremder Ausdrücke und sehr präzise, die uns rettet, uns einen parallelen Weg vorgibt, einen unerlässlichen Umweg, um der anderen Sprache zu entkommen, der mütterlichen, definitiv konfusen Sprache.

Jede von uns hat ihre Schiefertafel, die wir über unseren Kopf halten sollen. Das ist einfach und macht Spaß. Sogar die schüchternen Mädchen, die immer in Panik geraten, wenn sie aufgerufen werden, machen begeistert mit. Wir haben einen farbigen kleinen Schwamm in einem runden Döschen. Nach jeder Aufgabe wischen wir die mit Kreide geschriebenen Zahlen oder Buchstaben weg. Dann müssen wir warten, bis die Tafel wieder trocken ist. Die Lehrerin findet, dass es zu lange dauert.

Die Frau, die nicht meine Mutter ist, trocknet ihre Haare unter einer Haube, die sie an der Küchentür befestigt hat. In der Zwischenzeit blättert sie ein Strickheft durch. Mein Vater schaut im Fernsehen einen Western an. Ich bin gerade mit meinen Erdkundehausaufgaben fertig geworden. Mein Halbbruder ist schon im Bett.

Ich lerne mit zweistelligen, dann mit dreistelligen Zahlen rechnen, in Dutzenden, in Einheiten zählen. Bald schon kann ich bis tausend zählen. Ich lerne, dass man von eintausend bis zu vielen weiteren Tausendern zählen kann. Ich entdecke die Unendlichkeit.

Wir dürfen nicht hinter dem Hügel spielen. Das heißt hinter dem unbebauten Grundstück neben unserem Haus. Es gibt Grünanlagen extra für Kinder, sagt mein Vater, die sind für sie gedacht. »Versucht gar nicht erst, euch dort zu verstecken.«

Ich lerne, wie man Schnürsenkel bindet. Ein Knie auf den Boden, das andere unter das Kinn. Ich mache eine große Schleife, wickle das andere Ende des Schnürsenkels darum herum und muss den Schnürsenkel dann mit den Fingern der rechten Hand vorziehen, damit eine zweite Schlinge entsteht. Dann ziehe ich an den beiden Schleifen, damit der Knoten straff genug ist und nicht wieder aufgeht. Während dieser ganzen Aktion ist mein Bauch vor Anspannung verkrampft. Meine Schwester, die ihre Schuhe holen will, steht hinter mir und wartet. Ich versperre ihr den Zugang zum Wandschrank.

Wir dürfen die Wohnungstür nicht aufmachen, wenn kein Erwachsener da ist. »Auch nicht wenn …?« – »Auch dann nicht!« – »Aber wenn …?« – »Ihr macht die Tür nicht auf und basta!«, sagt mein Vater.

Gegen Abend wird der Küchentisch zwischen den Hausaufgaben und den Vorbereitungen für das Abendessen aufgeteilt. Ich murmle das, was ich über die Urmenschen gelernt habe, vor mich hin, während sich die Trommel der Waschmaschine dreht. Die Urmenschen lebten in Höhlen, während die Frau, die nicht meine Mutter ist, mindestens zehnmal den Kühlschrank öffnet. Sie jagten wilde Tiere, während sich mein Halbbruder gerade ein Glas Limonade mit Grenadinesirup einschenkt. Sie haben all ihre Werkzeuge selbst hergestellt, während die Frau, die nicht meine Mutter ist, mit meinem Halbbruder schimpft, weil er vor dem Essen nichts trinken darf.

Es weint ohn' allen Grund
In diesem verhärteten Herzen.
Was! Kein Verrat ward ihm kund?…
Solch Gram voll der Peinen.
Paul Verlaine

Einmal pro Woche lässt uns unsere Lehrerin die Sendung »Einführung in die klassische Musik« anhören. *Die Kindersinfonie, die Nussknacker, die Vier Jahreszeiten* … gelangen über Radiowellen zu uns. Wir sollen die Komponisten erkennen. Wir drehen den Kopf zu dem Kasten an der Wand, aus dem die Melodien kommen. Wir vergessen unsere Lehrerin und schauen verzückt auf den Kasten. Ich spüre, dass sich in mir etwas Neues Bahn bricht. Etwas

Machtvolles und Unvergleichliches, das ich nicht benennen kann, das jedoch in mich eindringt, mich überwältigt. Die Schule bringt mich hautnah mit der Schönheit und der Zartheit der Welt in Berührung, lädt mich ein, eine Brücke zu überqueren. Doch was ist, wenn man auf der anderen Seite angelangt ist, wie setzt man dann seinen Weg mit Vivaldi oder Tschaikowsky fort? Zu Hause erwähne ich es nicht, niemals. Ich erzähle nicht, wie ergriffen ich jedes Mal bin. Meinem Gefühl nach sind die Schule und das Zuhause zwei Welten, die nicht miteinander zu vereinbaren sind. Ich weiß nicht, was ich sagen sollte, wie ich eine derart intensive Erfahrung schildern könnte. Ich kann nicht aus mir herausgehen.

Die Frauen, die auf derselben Etage wohnen, bringen uns abwechselnd zur Schule. Eine Woche Madame Lestrade, eine Woche Madame Vilot, eine Woche die Frau, die nicht meine Mutter ist. Madame Martin bringt uns nie zur Schule. Ihre Tochter geht in eine katholische Schule.

Die Frau, die nicht meine Mutter ist, hat Winden auf dem Balkon gepflanzt, die sich an einem Spalier emporranken. Man kann sie vom Esszimmer aus sehen. Das sieht hübsch aus. Sie will nicht wie alle anderen Geranien pflanzen. Sie sagt, das finde sie gewöhnlich.

In der Schule ist die Welt entweder waagrecht oder senkrecht. Ich schreibe in Spalten und auf Linien. Ich ordne ein oder zu. Ich addiere Zahlen von oben nach unten, dann von rechts nach links. Ich schreibe von links nach rechts, außerdem von oben nach unten. Ich schreibe mit der rechten Hand. Das Löschblatt halte ich in der linken Hand. Ich lerne, meinen Körper zu beherrschen. Ich lerne mit dem Körper.

In dem Gebäude gegenüber wohnt die Familie Pichot. Wir kennen sie nicht näher, wissen aber, dass sie die Pichots sind. Wir haben noch nie mit ihnen gesprochen. Die Frau, die nicht meine Mutter ist, sagt, dass der Sohn der Pichots etwas »verweichlicht« ist. Ich weiß nicht, was sie damit meint.

Wenn mein Halbbruder aus dem Haus gehen will, sagt er, er wolle *runtergehen*. Seit einiger Zeit darf er *runtergehen*. Mein Vater verlangt aber, dass man ihn vom Fenster aus immer sehen kann. Wenn ein Freund kommt, um meinen Halbbruder abzuholen, fragt er ihn, ob er *runterkommt*. Wenn mein Halbbruder dann *unten* ist, spielt er im Sandkasten *Bauen*. Er baut Straßen, Eisenbahnen, Brücken, Kreuzungen. Manchmal kniet er sich in Pfützen. Wenn mein Vater das sieht, lehnt er sich aus dem Fenster und ruft: »Jetzt kommst du aber wieder *herauf*!«

Der Nebel hat alles
In seinen Baumwollsack gehüllt
Der Nebel hat rund ums Haus alles weggenommen.
Keine Blumen mehr im Garten,
Keine Bäume mehr in der Allee.
Des Nachbarn Haus scheint davongeflogen zu sein.
Und ich weiß nicht, wo er sitzen könnte,
Der Sperling, den so klagend ich höre.
Maurice Carême

Auf dem Weg zur Schule müssen wir zwei Straßen überqueren. Die erste ist gefährlich, weil es keinen Fußgängerüberweg gibt. Madame Lestrade nimmt uns an die Hand. Madame Vilot sagt, wir müssen direkt hinter ihr bleiben. Die Frau, die nicht meine Mutter ist, gibt uns keine genaue Anweisung. Nach der ersten Straße gehen wir unter einem Gebäude durch einen Tunnel, in dem die Stimmen widerhallen. Wir gehen an einem Spielplatz entlang, bleiben dann an der zweiten Straße stehen. Madame Lestrade und Madame Vilot bringen uns danach bis zum Schultor. Die Frau, die nicht meine Mutter ist, lässt uns alleine gehen und schaut uns nur nach.

Die Schule ist der Ort, an dem wir den Unterschied zwischen Bretonen, Basken und Provenzalen kennenlernen. Unsere Lehrerin hängt Bilder an die Tafel. Sie erzählt uns von den unterschiedlichen Bräuchen und Traditionen. Daraus schließe ich, dass diese Menschen, die etwas abseits, am Rande von Frankreich wohnen, wie die Puppen in den Plastikkartons sind, die meine Tante mir manchmal von ihren Reisen mitbringt. Ich habe eine Puppe aus Korsika, eine aus Berry, eine aus den Landes und eine aus dem Elsass. Unsere Lehrerin fragt uns, welche französischen Provinzen wir kennen. Ich denke an Algerien, wo ich geboren wurde, habe aber Angst, etwas Dummes zu sagen.

Die Rasenstreifen zwischen zwei Gebäuden nennt man Grünanlagen. Sie wurden eigens geschaffen, damit wir Kinder eine bessere Lebensqualität haben. Auf diesen Grünanlagen wachsen aber dornige Hecken. Unterhalb unserer Fenster gibt es ein Eisengerüst zum Hochklettern. Wir nennen es das *grüne Gestell*. Wenn wir uns mit jemandem verabreden, dann immer unter dem *grünen Gestell*. Man kann ein Stück daran hinaufklettern und einen Kniehang machen. Man kann sich auch daraufsetzen und sich unterhalten. Der einzige Nachteil an dem *grünen Gestell* ist, dass es sich direkt unter dem Elternschlafzimmer befindet.

In der Schule fassen wir Zuneigung zu einer erwachsenen Person, von der wir uns irgendwann trennen müssen. Wir lassen sie an uns heran. Wir versuchen, ihr zu gefallen. Wir lassen uns von ihr manchmal über den Kopf streichen. Wir wissen nicht, woher diese erwachsene Person kommt, stellen uns nie vor, dass sie außerhalb der Schule noch ein Leben haben könnte. Unsere Lehrerin ist in unseren Augen mit der Schule verwachsen. Wir sehen sie am Morgen nicht kommen und am Nachmittag nicht gehen. Unsere Lehrerin gehört zu unserem Leben. Wir denken auch am Sonntag an sie. Manchmal pflücken wir für sie einen Strauß Maiglöckchen.

Unsere Lehrerin bringt uns das Kuchenbacken bei. Wir gehen in den Gemeinschaftsraum im Erdgeschoss der Schule und schreiben das Rezept für den *Gâteau de Savoie* ab. Als es darum geht, die Eier aufzuschlagen, melden sich alle freiwillig. Während der Kuchen im Ofen ist, üben wir in Überschuhen und in unseren blauen Kittelschürzen einen provenzalischen Tanz ein. Die Lehrerin legt eine Schallplatte auf und schlägt mit einem Stöckchen auf das Tamburin. Das ist ein ungewohntes Geräusch, das in dem großen leeren Raum hässlich nachhallt. Wir lernen einen Refrain, der lautet: *Dann erschallen Querpfeifen und Tamburine*. Das ist die Art von Sätzen, die man in der Schule lernt und sein Leben lang nicht mehr vergisst.

Was man in der Grundschule lernt, bleibt einem das ganze Leben. Dünkirchen, Calais, Dieppe, Fécamp, Étretat, Le Havre, Cherbourg. Was man auswendig lernt, bleibt einem fürs Leben. *Neun mal neun macht einundachtzig. Wasser kocht bei hundert Grad Celsius. Die Loire entspringt am Westabhang der Cevennen.*

Was ich zu Hause lerne, ist weniger eindeutig und präzise. Ich lerne etwas und auch das Gegenteil davon. Mein Vater und die Frau, die nicht meine Mutter ist, haben nicht dieselben Regeln. Mein Halbbruder darf öfter *runtergehen* als ich. Zuhause bekommt man auf seine Fragen eher unklare Antworten. Als ich frage, warum ich die Zeitung nicht lesen darf, gibt mir mein Vater zur Antwort: »Die kannst du später lesen.« Als ich frage, warum meine Schwester nicht ständig bei uns wohnt, antwortet er: »Das wirst du später verstehen.« Ich weiß nicht, was mein Vater damit sagen will. Ich frage mich, was dieses »später« genau bedeutet. Muss ich noch lange warten?

Mein Halbbruder spielt mit seinem Parkhaus. Er stellt ein Auto in den mechanischen Aufzug und dreht an einer Kurbel. Das kann er stundenlang machen. Wenn alle Autos oben auf der Plattform stehen, fährt er sie einzeln auf der Wendeltreppe wieder nach unten. Manchmal lässt er zwei Autos auf der Rampe zusammenstoßen. Es kommt auch vor, dass ein Auto, nach einem Zusammenstoß oben auf der Plattform, durch die Luft fliegt. Dazu macht mein Halbbruder übertrieben laute Geräusche.

Ich frage mich, ob die Welt, die nur den Erwachsenen vorbehalten ist, eine Welt ist, in der alles ernst und schlimm ist.

In der Schule ist nichts ernst und schlimm. Ein Quadrat hat vier gleiche Seiten. Einen Kreis zeichnet man mit dem Zirkel. Ein Meter entspricht einhundert Zentimetern.

A schwarz, E weiß, I rot, U grün, O blau –
Mir ward der tiefste Sinn von eurem Klang geoffenbart.
Arthur Rimbaud

Ich fühle mich wohl unter den anderen Mädchen. Ich entdecke die Vielzahl. Ich kämpfe gegen Anonymität an. Ich nehme Stimmen, Namen, Haarfarben wahr. Ich kann nicht sagen, ob die anderen Mädchen meine Verbündeten oder meine Gegnerinnen sind. Ich spüre nur, dass sie anders sind. Und doch gleich. Es gelingt mir nicht, eine aus der Masse herauszugreifen. Für mich sind alle Mädchen ein und dasselbe Mädchen. Sie sind mir nah und fern zugleich. Sie helfen mir nicht, eine Antwort auf meine Fragen zu bekommen.

Wir falten ein Blatt Papier viermal und schneiden ein Muster aus. Auf diese Weise machen wir Schneeflocken, die wir an die Fenster unseres Klassenzimmers kleben. Jede Vierergruppe hat eine Schere. Alle Mädchen schneiden dasselbe Muster aus. Alle Schneeflocken sehen ähnlich aus. Ich finde es nicht gut, dass wir uns so ähnlich sind.

Burgen haben vier Türme, Schießscharten und eine Zugbrücke. Die Gefangenen werden in Verliese eingeschlossen. Die Burgen sind von einem Burggraben umgeben. Die Ritter tragen eine Rüstung und treten in Turnieren gegeneinander an. Die Troubadoure ziehen von Burg zu Burg und singen und tanzen. Die Menschen des Mittelalters schütten von den Zinnen aus kochendes Öl auf ihre Angreifer. Sie ziehen in Kreuzzüge und kämpfen gegen die Araber. Die Araber sind unsere Feinde.

Mit meinem Halbbruder zusammen übe ich, möglichst viele Stufen vor unserem Hauseingang zu überspringen. Obwohl er drei Jahre jünger ist, kann er so weit springen wie ich. Aber wir müssen aufpassen, dass wir nicht an die Haustür aus Glas stoßen. Wir hüpfen etwas schräg, doch da haben wir Angst, gegen die Briefkästen zu stoßen. Ein Nachbar aus dem Erdgeschoss kommt aus seiner Wohnung und wir verschwinden, damit er nicht mit uns schimpfen kann.

Die Wasserspülung ist kaputt. Mein Vater holt seinen Werkzeugkasten und macht sich an die Arbeit. Beim Abendessen erklärt er uns, wie wir die Wasserspülung betätigen müssen. »Drückt die Taste auf keinen Fall ganz nach unten. Und zieht sie anschließend wieder hoch.«

Kein Mensch schafft es, seine Anweisung zu befolgen. Die Wasserspülung tropft weiter.

Die Lehrerinnen unserer Schule machen Pausenaufsicht. Immer vier von ihnen gehen über den Schulhof. Sie unterhalten sich, zwei gehen in die eine Richtung, zwei in die andere. Mal nach vorne, mal nach hinten. Sie haben die Unterarme in die Ärmel ihres Mantels geschoben.

Wir üben einen Auftritt zum Ende des Schuljahrs ein. Wir studieren ein paar Lieder ein. Wir lernen Tanzschritte. Wir basteln unsere Kostüme selbst. Die folgenden Wochen verbringen wir im Geraschel von Krepppapier. Wir sind Osterglocken und Margeriten. Wir sind Libellen und Schmetterlinge. Wir sind die erwachende Natur. Wir haben Fühler, Rüssel. Wir haben Flügel. Die Lehrerin macht uns die Bewegungen vor. Wir müssen eine Choreografie auswendig lernen. Die Mädchen schaffen es nicht. Sie bringen die Schritte durcheinander. Sie sind ungeschickt, ihre Körper zu plump oder zu kraftlos. Ihre Körper sind ihnen im Weg. Sie bewegen sich nicht im Takt. Sie hängen wie Kletten aneinander. Beim Gehen zeigen ihre Zehen nach innen. Sie haben X-Beine. Sie halten den Kopf nicht aufrecht, machen die Schritte der Lehrerin falsch nach, treten nicht im richtigen Moment vor. Die Mädchen sind zu schlaff. Ihre Bewegungen sind schlaff. Ich bin nicht gern ein Mädchen.

Mein Halbbruder und ich stellen zwei Stühle in den Flur und hängen ein großes Frotteebadetuch darüber, das wir mit Wäscheklammern befestigen. So haben wir eine

Höhle. Aber zum Abendessen müssen wir die Stühle wieder zurückstellen.

Am Tag, an dem ich meine Lehrerin im Supermarkt *Casino* treffe, ergreift mich etwas Neues. Ich bleibe wie angewurzelt neben dem Kühlregal mit den Joghurts stehen und starre sie an, als wäre sie Schneewittchen oder sonst eine Märchenfigur, die plötzlich leibhaftig vor mir steht. Meine Lehrerin, die einen Einkaufswagen vor sich herschiebt, ist auf einmal ein normaler Mensch. Ich kann meine Augen nicht von ihr abwenden. Niemand außer mir bemerkt den Zauber, der sich auf einmal über den ganzen Supermarkt gelegt hat. Ich bin wie geblendet, restlos verwirrt. Die Frau, die nicht meine Mutter ist, bemerkt nichts.

Der Umfang eines Quadrats entspricht der Summe seiner Seiten. Das Haus – die Häuser. Die Maus – die Mäuse. Der Bach – die Bäche. Der Wald – die Wälder. Der Dünndarm eines Erwachsenen ist acht Meter lang. Elf minus sieben macht vier. Bei 18 + 18 rechne ich zuerst 8 + 8. Das ergibt 16. Ich schreibe die 6 hin und behalte die Eins zurück. Ich kreise sie ein und bringe sie nach oben auf den Speicher, wie es in dem Kindervers heißt.

Wir waschen uns in einer Sitzbadewanne. Ich schließe mich im Badezimmer ein und lasse sehr heißes Wasser einlaufen. Beide Spiegel beschlagen, der über dem Waschbecken und der am Arzneischrank. Sobald das Wasser kalt wird, lasse ich heißes nachlaufen. Mir wird schwindelig. Ich steige auf den Rand der Sitzbadewanne, um mich nackt im Spiegel des Arzneischranks zu betrachten. Mit einem Handtuch wische ich den feuchten Beschlag ab. Doch es ist zu gefährlich, ich rutsche aus, und der Spiegel ist nicht in der richtigen Höhe. Ich sollte besser auf einen Stuhl steigen. Oder ich verschiebe die Truhe für die schmutzige Wäsche, die mein Vater gebastelt hat. Erst als jemand an die Tür klopft, verlasse ich das Badezimmer.

Die Ägypter haben in Pyramiden gelebt. Ihre Toten sterben nie. Sie werden zu Mumien. Ihre Schrift ist unlesbar. Es sind nämlich keine Buchstaben, sondern Hieroglyphen. Alle Personen sind nur im Profil abgebildet. Katzen und Ibisse gelten als heilige Tiere. Der berühmteste Pharao von Ägypten heißt Tut-Anch-Amun.

Mein Halbbruder weint, als mein Vater ihm die Haare schneidet. Er will sich nicht anfassen lassen. Und er zappelt ständig herum. Mein Vater sagt, wenn er so weitermacht, wird er ihn noch mit der Schere ins Auge stechen. Mein Vater verliert zunehmend die Geduld. Er würde meinem Halbbruder am liebsten eine Ohrfeige geben. Das sieht man ihm an.

Um fünf Uhr morgens klopft mein Vater an unsere Zimmertür. Mein Schwester und ich sind noch müde, aber wir müssen in Urlaub fahren. Der ganze Flur ist mit Koffern vollgestellt. Die Frau, die nicht meine Mutter ist, sagt, dass das viele Gepäck nie in den Kofferraum passen wird. Sie rennt in ihrem gepunkteten Kleid von einem Zimmer ins andere. Mein Vater sagt, natürlich würde das

Gepäck ins Auto passen. Die Frau, die nicht meine Mutter ist, fragt, ob er die Straßenkarte schon herausgelegt hat. Sie fasst noch einmal zusammen: »Taschenlampe, Reiseapotheke, Sonnencreme, Gesellschaftsspiele.« Sie reißt sämtliche Schubladen auf. »Schere, Geschirrtücher, Dosenöffner, Wäscheklammern.« Auch mein Vater wird hektisch. Die Frau, die nicht meine Mutter ist, kontrolliert noch immer, macht die Tür des Wandschranks im Elternschlafzimmer auf. »Sicherheitsnadeln, Tupperware, Medikamente.« Die Garage meines Halbbruders steht auch noch im Flur. Mein Vater beginnt, die Koffer hinunterzutragen. Ich frühstücke in der Küche zu Ende. Ich wische den Tisch ab. Die Frau, die nicht meine Mutter ist, spült den Schwamm noch einmal aus, obwohl ich das schon getan habe. »Flaschenöffner, Seife, Rasierapparat.« Mein Vater geht ein zweites Mal nach unten und sagt, dass ihm jemand helfen soll. »Waschpulver, fast hätten wir das Waschpulver vergessen!«, ruft die Frau, die nicht meine Mutter ist. Niemand hört ihr zu. Sie wiederholt: »Ein Glück, dass ich noch an das Waschpulver gedacht habe!« Meine Schwester geht in unser Zimmer zurück. Sie will nicht in Urlaub fahren.

Ich schreibe gern. Es macht mir Spaß, die Großbuchstaben zu malen, die vielen Schleifen des Hs. Ich schreibe gern zwischen den Linien, auf keinen Fall darüber hinaus. Ich bilde gerne Sätze, kombiniere Wörter. *Aber, wo, und, also, oder, weil, da.* Ich liebe die Sätze der Schule, da sie die Welt um so vieles einfacher machen. *Wenn wir in Urlaub fahren, freut sich die ganze Familie.*

In der Schule leben wir im Rhythmus des Kalenders. Jeden Morgen schreiben wir das neue Datum oben auf eine leere Seite. Wir lernen, was Sommer- und Wintersonnenwenden sind, Tag- und Nachtgleiche, die vier Jahreszeiten, die Schaltjahre, welche Monate dreißig und welche einunddreißig Tage haben. Die Welt hat vier Farben: Im Herbst ist sie braun, im Winter weiß, im Frühling grün und im Sommer blau.

An der Rhône bringt mir mein Vater das Angeln bei. Man muss nur einen Wurm an das Ende des Hakens hängen. Als ein Fisch anbeißt, gerate ich in Panik. Ich rufe meinen Vater und knicke mit dem Fuß auf den Kieselsteinen um. Ich will nicht, dass der Fisch stirbt. Aber es ist bereits zu spät, mein Vater macht den kleinen Weißfisch los und wirft ihn in einen Eimer. Am Ende des Tages haben wir so viele Fische gefangen, dass wir eine große Pfanne voll bekommen. Die Frau, die nicht meine Mutter ist, sagt, wir sollen ja nicht erwarten, dass sie dieses ganze Sammelsurium für uns brät.

Der Kapitän Jonathan
Im zarten Alter von achtzehn Jahr'n,
Fängt eines Tages einen Pelikan
Auf einer Insel im Fernen Osten.
Der Pelikan von Jonathan
Legt eines Morgens ein schneeweißes Ei
Und ein Pelikan schlüpft aus
Der ihm erstaunlich gleicht.
Robert Desnos

In der Schule betrachten wir alles, was winzig ist. Die Maserung von Holz, die Poren der Haut, eine Vogelfeder. Wir sehen die Welt plötzlich mit anderen Augen. Unser neues Universum besteht aus Kieselsteinen, Grashalmen, Eierschalen. Aus Schimmelpilzen, Brotkrumen, Orangenschalen. Wir sammeln, zerlegen, experimentieren.

Das Schreiben verleiht mir eine neue, bisher unbekannte Macht. Ich kann mich mit Wörtern ausdrücken. Ich kann entscheiden. Ob ich ein bestimmtes Wort verwende oder nicht. Mit diesen, meinen Wörtern kann ich eine Geschichte aufbauen. Ich kann eine Geschichte erfinden, die nicht der Wahrheit entspricht. Und ich bin die Einzige, die das weiß.

Ich kann mir aussuchen, ob ich die Wahrheit sagen will. Ich kann meine Version der Fakten schildern. Aber kein Mensch liest gern die Wahrheit. Ich kann schreiben, ohne dass jemand es jemals liest. Man muss das Blatt hinterher nur zerreißen. In zwei, vier, acht und dann sechzehn Stückchen, die man anschließend die Toilette hinunterspült.

Im Mai trägt unsere Lehrerin uns auf, Linsen, Nudeln oder rote Bohnen mitzubringen. Ich bringe Spaghetti, aber das darf man nicht. Wir basteln ein Geschenk für den Muttertag. Ein Bild aus Hülsenfrüchten. Dann kommt unsere Lehrerin plötzlich auf die Idee mit dem Schmuck. Also malen wir die Makkaroni rot, gelb und grün an und basteln daraus eine Halskette. Es ist kein schöner Tag für mich, als ich mit dem Muttertagsgeschenk nach Hause komme. Ich vergesse es in meinem Schulranzen. Irgendwann finde ich nur noch Krümel wieder.

Die Nachbarin von gegenüber veranstaltet Tupperware-Partys. Die Frau, die nicht meine Mutter ist, geht nach der Arbeit hin. Ich weiß nicht, wie solche Abende ablaufen, doch ich denke, dass nur Frauen dort sind. Aber nicht irgendwelche Frauen. Ich habe das Gefühl, dass solche Abende eine Art Geheimtreffen sind. Wenn die Frau, die nicht meine Mutter ist, zu diesen Tupperware-Partys geht, kommt sie immer mit mehreren Plastikbehältern mit Deckel zurück. Das letzte Mal hat sie ein Dreierset mitgebracht, das man auf einem Untersetzer auf den Tisch stellt: für Salz, Pfeffer und Senf, in den Farben orange, braun und beige.

Zum Geburtstag habe ich mir eine Standtafel und eine Schachtel Kreide gewünscht. Ich schreibe die Anfänge von Sätzen auf diese Tafel. Ich möchte eine Geschichte erzählen, die aber niemand lesen darf. Außer meiner Schwester. Ich stelle meine Puppen an die Wand meines Zimmers und rede mit ihnen. Ich zeige ihnen, wie man einen Satz baut. Ich stelle Fragen, um zu kontrollieren, ob sie auch alles begriffen haben. Manche haben nicht aufgepasst. Es sind immer dieselben, die miteinander tuscheln.

Ich schaue mit meinem Vater fern. Es ist ein Liebesfilm. Als der Mann und die Frau sich küssen, werde ich verlegen und schaue weg. Am nächsten Tag, in der Schule, reden die anderen Mädchen über diesen Film. Es haben ihn aber nicht alle gesehen. Die ihn gesehen haben, müssen ihn den anderen erzählen. Ich halte mich zurück. Ich will wissen, ob sie es richtig erzählen. Ich halte mich aus unerklärlichen Gründen zurück, obwohl ich alle Einzelheiten schildern, mich in den Vordergrund spielen könnte. Aber etwas hindert mich daran. Ich habe das Gefühl, ein bedeutendes Geheimnis zu hüten.

In der Garage meiner Großmutter steht ein altes Fahrrad. Es ist verrostet, hat aber genau die richtige Größe für mich. Es hat auch die richtige Größe für meine Schwester. Mein Vater kauft einen Topf mit grauer Farbe und malt das Fahrrad an, nachdem er den Rahmen abgeschmirgelt hat. Danach tauscht er die Bremsen und die Klingel aus. Vom Balkon aus schaue ich zu, wie meine Schwester Radfahren lernt, während mein Vater hinter ihr herrennt und den Sattel hält. Sie fährt im Zickzack und landet schließlich im Gestrüpp.

In einem Keller unweit der Schule sollen merkwürdige Dinge passieren. In der großen Pause habe ich gehört, dass ein Mädchen namens Patricia sich dort nackt auf eine Matratze legt. Ich habe auch gehört, dass man sie festbindet und dass man komische Sachen sehen kann, wenn man unter der Tür durchschaut. Diese Patricia soll angeblich mit ausgestreckten Armen und Beinen auf der Matratze liegen. Sogar mitten im Winter. Ich denke, dass diese Patricia das nach der Schule macht. Aber seltsam finde ich es schon.

In unserem Haus hat jede Familie mindestens zwei Kinder, sodass auch das Wohnzimmer als Schlafzimmer herhalten muss. Es gibt keine andere Möglichkeit. Sobald die Zwischenwand gebaut ist, kann sich der Familienvater für alle Ewigkeit ausruhen. Der Umbau des Wohnzimmers sorgt im Treppenhaus für Gesprächsstoff. Man schätzt die Familien, die diesen Umbau auf sich genommen, sich diese Mühe gemacht haben. Ein guter Ehemann ist immer auch ein guter Heimwerker. Müßiggang ist das Gegenteil von Heimwerken. Die Familien, die noch immer keine Zwischenwand eingebaut haben, gelten als suspekt. Man munkelt im Treppenhaus, dass gewisse Familien lieber ein Wohnzimmer UND ein Esszimmer haben, statt jedem ihrer Kinder ein eigenes Zimmer zur Verfügung zu stellen. Man pfercht die Kinder in Etagenbetten, nur damit die Eltern in ihrem Wohnzimmer Gäste empfangen können, wird vor den Briefkästen getuschelt.

Der Flächeninhalt ist eine Maßeinheit. Imperativsätze dienen dazu, Befehle zu geben, eine Empfehlung oder eine Aufforderung auszusprechen. Eigenschaftswörter passen sich im Französischen dem Geschlecht und Numerus des Substantivs an.

Meine Lieblingspuppe heißt Martine. Sie kann gehen, wenn man sie an der Hand hält. Sie kann sogar, mit einer mechanischen, leicht verzweifelten Stimme, mehrere Sätze sagen: »Oh, ich hab dich lieb, Mama!«, »Komm, wir spielen Schule!«, »Zieh mir ein neues Kleidchen an!« oder »Kämme mich bitte!«

Der Mann der Nachbarin von gegenüber hat sogar auf der Toilette Regale eingebaut. Das ist sehr praktisch. Man mag alles, was praktisch ist. Der König der Regalbretter, wie mein Vater ihn nennt, hat eine Schlagbohrmaschine gekauft, wie man im Treppenhaus erfährt.

Ich stelle den Spiegel in meinem Zimmer vor mich auf den Schreibtisch. Als ich mich zeichne, stelle ich fest, dass mein Gesicht nicht ganz symmetrisch ist. Vor allem der Mund. Die Augen sind besonders schwer zu zeichnen. Ich muss viel radieren. Mein Halbbruder will zu mir ins Zimmer kommen, aber ich reagiere nicht. Doch weil er nicht aufhört, an meine Tür zu hämmern, muss ich ihn irgendwann doch hereinlassen, aber erst, nachdem ich meine Zeichnung versteckt habe. Er will nichts Besonderes. Danach hole ich mein Selbstporträt wieder hervor und finde es eigentlich ganz gelungen. Es sieht mir ähnlich, abgesehen von den Wangen, die zu rund geworden sind. Das Mädchen auf meiner Zeichnung ist ziemlich hübsch. Ihr Blick ist vielleicht etwas leer. Am Abend frage ich meinen Vater: »Wenn jemand schöne Augen hat, kommt es nicht auf die Farbe an, oder? Es liegt vor allem an der Form, nicht wahr?« Mein Vater, der kein guter Psychologe ist, antwortet: »Oh nein! Es gibt nichts Schöneres als blaue Augen.«

Wir nähern uns dem Schulhof der Jungen. Manche der Mädchen trödeln absichtlich und kichern. Ich selbst schaue es mir von Weitem an, ohne mir anmerken zu lassen, was in mir vorgeht. Dass die Jungen von uns getrennt sind, macht mir nichts aus. Auf ihrem Schulhof geht es wilder zu als auf unserem und auch die Farben sind ganz anders. Man sieht fast nur Blau und Grau. Die Jungen sind eine grau-blaue Masse, die ständig in Bewegung ist.

Am Sonntagmorgen gehe ich mit der Frau, die nicht meine Mutter ist, auf den Markt. Im Winter kaufen wir manchmal Sauerkraut. Wir bleiben am Stand des Stoffverkäufers stehen. Sie will mir einen Mantel nähen und sagt, das sei billiger als ein fertiger Mantel. Mitten auf dem Markt muss ich den Arm heben, damit man mich abmessen kann. Sie diskutiert mit dem Händler über Länge und Breite. Sie sagt, ich soll mir ein Schnittmuster aussuchen. Doch ich finde nichts, das mir gefallen würde.

Bei einem Preisausschreiben von *Casino* gewinnen wir einen lebenden Hammel. Meine Eltern sagen zuerst, wir können ihn auf dem Balkon unterbringen. Aber dann lässt sich die Frau, die nicht meine Mutter ist, den Gegenwert des Hammels in Einkaufsgutscheinen auszahlen. Mein Halbbruder und ich sind sehr enttäuscht.

Die Chinesen essen Reis. Die Afrikaner wohnen in armseligen Hütten. Die Indianer tanzen um ein Feuer, um böse Geister zu vertreiben. Die Eskimos ernähren sich von Walfett. Die Algerier bauen Straßen.

Mein Vater hat sich für eine Stelle als Bauleiter beworben. Dafür muss er viel lernen. Er hat seine Fortbildungskurse auf Band aufgenommen. In der Mittagspause legt er sich auf das Sofa im Esszimmer und lässt den Kassettenrekorder laufen. Er schläft immer sofort ein. Sein Kurs läuft in voller Lautstärke weiter. Mein Vater ist um halb fünf Uhr morgens aufgestanden, um zur Arbeit zu gehen. Wenn er die neue Stelle bekommt, hat er in Zukunft wenigstens eine Stunde mehr Schlaf.

Klassische Musik gefällt mir mehr und mehr. Ich erkenne alle Komponisten, schon nach wenigen Takten. Die Tage, an denen wir Musikunterricht haben, mag ich am liebsten.

Ich darf mit meinem Vater ins Stadion gehen, zu Olympique Marseille. »Es ist DAS Spiel der Saison«, sagt mein Vater. Marseille liegt in Führung. Die Aufregung auf den Tribünen wächst. Mein Vater empfiehlt mir, auf den Spieler mit der Nummer zehn zu achten: Skoblar. Die zweite Halbzeit beginnt sehr hitzig. Das Stadion brüllt: »*Der Schiedsrichter ist ein Schweinehund, OL wird ihn in die Pfanne hau'n!*« Ich traue mich nicht mitzubrüllen. Bei uns zu Hause sind Schimpfwörter verboten. Erst als mein Vater mitruft, rufe ich auch. Es geht ganz leicht, *Schweinehund* zu rufen. Ich kann es nicht fassen. Ich rufe *Schweinehund* und nichts passiert.

Das kleine Einmaleins steht hinten auf unseren Heften. Den Fünfer mag ich am meisten. Ich lerne ihn mühelos auswendig. Am Abend will ich die Frau, die nicht meine Mutter ist, überraschen und sage die Fünfermultiplikationen auswendig auf. Vorwärts und rückwärts.

Meine Schwester gesteht mir, dass sie nicht gern lebt. Ich habe mir diese Frage noch nie gestellt. Ich würde sie gern fragen, ob es wegen Mama ist. Ich liege in dem oberen Bett, sie im unteren. Ich höre sie im Dunkeln atmen. Ich sage nichts. Ich möchte reden, etwas darauf sagen, bringe aber keinen Ton heraus. Ich möchte ihr so gern eine bestimmte Frage stellen. Aber es wird noch lange dauern, bis ich das kann. Stocksteif liege ich im Bett und komme mir wie ein Monster vor.

Ich habe eine Freundin, die Catherine heißt. Morgens treffe ich mich mit Catherine, setze mich neben sie. In der Pause spielen sie und ich mit einem Gummiband. Von meinem Leben zu Hause erzähle ich ihr nichts. Sie mir auch nichts von ihrem. Wir reden die ganze Zeit, sagen uns jedoch nichts.

Meine Eltern gehen mit meiner Schwester und mir in einen Baumarkt, wo wir uns eine neue Tapete für unser Zimmer aussuchen sollen. Ich möchte eine gelb-braune Tapete mit großen Blumen haben, meine Schwester lieber eine orangefarbene. Wir sollen uns einigen. Meine Schwester bekommt einen Wutanfall und rennt zum Ausgang. Die Frau, die nicht meine Mutter ist, läuft ihr nach. Mein Vater holt ein Päckchen Zigaretten aus seiner Tasche. Wir verlassen das Geschäft ohne neue Tapete.

Die Frau, die nicht meine Mutter ist, jammert über die Fußbodenheizung, weil sie davon dicke Beine bekommt. Mein Halbbruder dagegen ist froh darüber, weil er morgens immer sehr früh aufwacht und dann mit seinen kleinen Autos im Esszimmer auf dem Linoleum spielt.

Die Mutter von Patricia Lestrade läutet an unserer Tür und fragt, ob wir ihr mit Mehl aushelfen können. Es tut ihr schrecklich leid, dass sie uns stören muss, wie beschämend, wie peinlich. Die Frau, die nicht meine Mutter ist, freut sich, ihr einen Gefallen tun zu können, wirklich, sie ist glücklich darüber, richtig erfreut. »Nein, wirklich. – Doch, wirklich. – Immer gern behilflich. – Ich kann Ihnen gar nicht sagen, wie dankbar ich Ihnen bin, wirklich.«

Wenn wir die hölzernen Rollläden in den Metallschienen herunterlassen, weiß die ganze Nachbarschaft, dass wir schlafen gehen. Wir leben im Rhythmus der Rollläden, die einer nach dem anderen hochgezogen oder heruntergelassen werden. »Ah, die Vilots sind schon auf!«, sagt mein Vater. Das ist ein Zeichen von Zusammengehörigkeit. Unser kollektives Bewusstsein. Wenn ein Rollladen aus der Schiene springt, ist der Schreck groß. Man muss den Werkzeugkasten holen. Wir haben alle dieselben Wohnungen, dieselben Scherereien.

Wenn ich mit meinen Puppen Schule spiele, lasse ich mir nicht auf der Nase herumtanzen. Wenn sie eine falsche Antwort geben, packe ich sie und werfe sie an die Wand. Das soll denen, die als Nächste drankommen, eine Lehre sein.

Sonntagnachmittags zittern die Wände wegen Lestrade, der mit seiner Schlagbohrmaschine Löcher bohrt. Ich höre meinen Vater im Esszimmer vor dem Fernseher fluchen. Wir hoffen inständig, dass der Lärm bald aufhört. Aber nach einer kurzen Pause geht der Krach noch lauter weiter. Als Lestrade endlich fertig ist, fängt der Nachbar unter uns an zu bohren.

Am Morgen wartet Catherine auf der anderen Straßenseite auf mich. Ich darf inzwischen allein zur Schule gehen und wir marschieren zusammen los. Unterwegs reden wir nichts Besonderes. Als wir am Schulhof der Jungen vorbeikommen, fliegen uns Schneebälle nach. Das lassen wir uns natürlich nicht gefallen und werfen zurück.

Abends spielen wir manchmal Mensch-ärger-dich-nicht. Mein Vater spielt nicht gern, das spüre ich. Wenn er eine unserer Spielfiguren rauswerfen darf, tut er das so ungestüm, dass wir sie manchmal vom anderen Ende der Küche holen müssen.

Ausrufesätze verwendet man, wenn man ein intensives Gefühl zum Ausdruck bringen möchte: Nervosität, Zorn, Staunen, Überraschung, Freude oder Schmerz.

Vor unserer Wohnung steht eine Frau, die von Tür zu Tür geht und Lexika verkauft. Mein Halbbruder kommt aus seinem Zimmer und will aufs Klo gehen. Meine Schwester muss auch ausgerechnet jetzt aufs Klo. Meine Eltern ziehen sich mit der Frau ins Esszimmer zurück.

Als sie wieder geht, wagen wir uns nicht gleich aus unseren Zimmern. Wir vermuten, dass unsere Eltern etwas gekauft haben.

Wir lernen die Uhrzeiten. Unsere Lehrerin hat aus Karton eine große Uhr gebastelt, deren Zeiger wir bewegen sollen. *Wie spät ist es, Frau Petersilie? Viertel nach acht, Frau Wandschrank. Sind Sie sich sicher, Frau Schuh? Aber ja, Frau Handschuh.*

Nach der Schule gehe ich in den Turnverein. Madame Verdi hat blaue Augen mit ganz kurzen, schwarzen Wimpern. Sie trägt immer eine Strumpfhose, hat muskulöse Waden und schmale Knöchel. Außerdem hat sie immer gute Laune. Und eine laute Stimme. In der verstaubten Turnhalle muss sie brüllen. Ich habe keine Zeit zu duschen, bevor ich nach Hause gehe. Es ist Winter und schon dunkel. Ich warte auf Solange und Françoise, die es nicht eilig zu haben scheinen. Wir gehen zusammen bis zu dem Haus, in dem ich wohne.

Ich schaue mit meinem Vater fern. Es ist eine Sendung über Joe Dassin. Ich kenne seine Schlager alle auswendig. Deshalb singe ich leise mit. Ich finde, Joe Dassin schaut ein bisschen aus wie Clarence, der Löwe aus der Fernsehserie *Daktari*, die ich jeden Donnerstagnachmittag mit meinem Halbbruder zusammen anschauen darf.

Wenn der Hausmeister unserer Schule den Rasen mäht, macht er so viel Krach, dass wir die Fenster zumachen müssen. Aber wir können das frisch gemähte Gras trotzdem riechen.

Ich warte, bis mein Vater auch mir das Radfahren beibringt. Als meine Schwester das Fahrrad heulend fallen lässt, rufe ich vom Balkon aus, dass ich gleich runterkomme. Mein Vater versucht, den Sattel etwas tiefer zu stellen. Doch weil der klemmt, muss mein Vater zuerst in den Keller gehen und ein Werkzeug holen. Ich fahre los, fest davon überzeugt, dass ich mehr Talent habe als meine Schwester. Doch ich bekomme Angst, als es abschüssig wird, das Fahrrad schwankt, und mein Vater, der hinter mir herläuft, kann mich nur mit Mühe festhalten. Ich versuche es noch mehrmals, stelle meinen rechten Fuß auf das obere Pedal, konzentriere mich, doch es gibt so viele Dinge, die mich ablenken. Was ist, wenn mich die Frau in dem roten Mantel übersieht und umrennt? Oder wenn mir der Hund vors Rad läuft? Ich schaffe ein paar Meter, das Fahrrad fährt plötzlich seitlich und ich donnere gegen die Kellerwand. Wieder stelle ich meinen rechten Fuß auf das obere Pedal, schaue auf einen Punkt vor mir und umklammere die Lenkstange, doch diesmal ist es die Bordsteinkante, die erschreckend schnell näher kommt. Mein Vater kann gerade noch rechtzeitig herbeilaufen und das Fahrrad festhalten. Ich stelle meinen rechten Fuß auf das obere Pedal, mein Magen zieht sich zusammen, die linke Hand ist bereit zum Abbremsen. Ich fahre ein paar Meter und rutsche auf dem Kies aus. Entmutigt gehe ich wieder nach oben und sage zu meiner Schwester, der Sattel sei schlecht eingestellt gewesen.

Ich lerne den Umgang mit dem Wörterbuch. Anfangs glaube ich, das Wort, das ich suche, stünde nicht drin. Ich leiere das Alphabet herunter. L, M, N, O, P. Ich bin so sehr auf das Alphabet konzentriert, dass ich das Wort übersehe. G, H, I, J, K. Ich fange wieder von vorne an. Ich bin zu schnell. Ich nehme meinen Zeigefinger zu Hilfe. Als ich endlich auf das gesuchte Wort stoße, kommt mir das wie ein Wunder vor.

Ich darf mit meinem Vater ins Stadion gehen. Es ist kalt. Ich puste mir in die Hände. Bald schon merke ich, dass ich Pipi machen muss. Aber ich traue mich nicht, es ihm zu sagen und nehme mir vor, bis zur Halbzeit zu warten. Dann erst verlasse ich die Zuschauerränge und mache mich unterhalb der Tribünen auf die Suche nach einer Toilette. Ich kann keine finden. Die vielen Menschen, die Würstchen essen und Bier trinken, machen mir Angst. Unverrichteter Dinge kehre ich schließlich zu meinem Vater auf die Tribüne zurück. Die zweite Halbzeit ist eine einzige Qual. Ich kann nur noch daran denken, dass ich mir gleich in die Hose machen werde. Ich versuche es mit allen möglichen An- und Entspannungsübungen, aber nichts hilft. Ich mache den Knopf meiner Hose auf. Olympique schießt gegen Saint-Étienne ein zweites Tor. Ich platze fast. Ich bewege die Beine, mache mich ganz steif und dann ganz locker, aber es hilft nichts. Ich versuche es mit unterschiedlichen Atemtechniken. Von dem Spiel bekomme ich nichts mit, der Druck ist höllisch. Mein Vater neben mir merkt nichts. Er ist ganz auf das Spiel konzentriert, beeindruckt vom Spiel von Saint-Étienne. Ich schreie innerlich, krümme mich, bin wie gelähmt. Irgendwann halte ich es nicht mehr aus und ein Pipistrahl ergießt sich in meine Hose. Es fühlt sich warm an. Ich kann nicht anders. Es läuft noch eine Weile weiter, dann wird die Wärme kalt und klebrig. Ich frage mich, wie ich mich im Auto hinsetzen soll, wenn wir wieder nach Hause fahren.

Eine beliebige Zahl mit Null multipliziert, ergibt immer Null.

Für den Turnverein muss ich mir ein Trikot und Gymnastikschuhe kaufen. Ich flechte mir zwei Zöpfe in die Haare, damit sie mich nicht stören. Ich lerne über den Schwebebalken zu gehen, ohne herunterzufallen. Ich lerne auch rückwärts darüberzugehen. Gerade noch rechtzeitig zum Abendessen bin ich wieder zu Hause.

Patrick und Jean-Luc Rodet wohnen im zweiten Stock. Wenn es regnet, setzen wir uns vor die Briefkästen. Sie erzählen mir, dass ihre Eltern geschieden sind. Ich habe vorher schon mitbekommen, dass Madame Rodet eine geschiedene Frau ist. Daraus schließe ich, dass eine geschiedene Frau etwas Besonderes ist. Ich glaube zu begreifen, worum es geht. Ich glaube, dass es eine Frau ist, die Männerbesuch bekommt. Vielleicht legt sie sich wie Patricia nackt auf eine Matratze.

Mein Vater mahlt den Kaffee schon am Abend, damit er um fünf Uhr morgens keinen Lärm macht. Normalerweise tut er es, wenn der Film zu Ende ist.

Patrick und Jean-Luc Rodet fahren nach Grenoble zu ihrem Vater. Patrick ist so alt wie ich, aber trotzdem passiert nichts zwischen uns. Vielleicht hat er gar kein Herz. Auf jeden Fall interessiert er sich kein bisschen für mich.

Ein Arzt kommt, um nach meiner Schwester zu sehen. Es ist nicht Doktor Nerf. Ich muss das Zimmer verlassen. Ich wage nicht, Fragen zu stellen. Hinterher gehen der Arzt und meine Eltern in die Küche und machen die Tür hinter sich zu. Dann bringt die Frau, die nicht meine Mutter ist, den Arzt zu unserem Badezimmer. Ich frage meine Schwester, ob sie Medikamente bekommt. Sie sagt, dass es für ihre Krankheit keinen Namen gibt.

Wenn meine Schwester nicht da ist, fürchte ich mich nachts. Meine Kleidung auf dem Stuhl sieht wie ein bedrohlicher Haufen aus. Besonders vom oberen Bett aus. Ich könnte im unteren Bett schlafen, aber der Gedanke, mich unter ihre Decke zu legen, schreckt mich ab. Ich habe Angst, dass ich dann dieselbe Krankheit bekommen könnte wie sie.

Wir dürfen nicht hinter den Hügel spielen gehen. Weil dort die *Bande der Anzünder* ist. Angeblich stecken sie Katzen in Brand. Es gibt auch eine Art Hütte, in der diese Leute hausen.

Ich gehe gern Brot kaufen. Ein Baguette kostet sechsundfünfzig Centimes. Normalerweise essen wir zwei Baguettes pro Tag. Mein Vater erlaubt nicht, dass wir zum Beispiel Käse ohne Brot essen.

Auf dem Küchenbüfett steht ein Radio-Plattenspieler. Ich habe alle Platten von Sheila. Wenn meine Eltern nicht da sind, höre ich sie mir an und singe dazu. Ich weiß, dass Patrick Rodet donnerstags, wenn wir keine Schule haben, am Morgen ins Schwimmbad geht. Dann lege ich den Schlager *Wenn ein Mädchen einen Jungen liebt* auf und stelle den Plattenspieler auf volle Lautstärke. Damit er es hört, wenn er kurz vor zwölf die Treppe heraufkommt. Ich lasse dieses Lied immer wieder laufen, bis ich Patrick Rodet an unserer Wohnungstür vorbeigehen höre. Dann schaue ich durch den Türspion, und mein Herz klopft ganz laut.

Patricia Lestrade klingelt bei uns und fragt, ob ich zu ihr kommen will zum Spielen. Sie ist die Art von Mädchen, wie die Frau, die nicht meine Mutter ist, es gern hätte – mit einem Stoffband im Haar und einem falschen Lächeln auf den Lippen. Ich gehe zu ihr in den Hausschuhen und mit heruntergerutschten Kniestrümpfen. Sie macht den Sekretär auf, in dem all ihre Spiele sind. Als sie sagt, ich dürfe eines aussuchen, komme ich mir wie im Märchen vor. Wir setzen uns schön ordentlich auf ihr Bett und spielen eine Runde Gänsespiel. Als wir fertig sind, packt sie alle Spielfiguren wieder in die Schachtel und stellt sie in den Sekretär zurück, an genau denselben Platz. Ihre Mutter ruft uns in die Küche und gibt jeder von uns ein Glas Limonade und ein Stück Marmorkuchen. Hinterher wischt ihre Mutter hektisch den Tisch sauber. Wir gehen wieder in Patricias Zimmer und setzen uns auf ihr Bett, einfach so. Für ein neues Spiel haben wir keine Zeit mehr. Beim Weggehen stelle ich mir vor, wie sie gleich ihre Tagesdecke glatt streichen wird, um die Spuren meiner Anwesenheit zu beseitigen. Danach wird ihre Mutter die Tagesdecke sicher noch einmal glatt streichen. Sie muss alles wissen, alles unter Kontrolle haben, alles verhindern.

Im Fernsehen kommt eine Sendung mit Roger Pierre und Jean-Marc Thibault. Einer von ihnen tanzt mit einem Puff. Das sieht sehr lustig aus. Mein Vater und ich lachen, bis uns die Tränen kommen. Wir kugeln uns fast vor Lachen auf dem Sofa und sind so laut, dass die Frau, die nicht meine Mutter ist, schließlich ins Zimmer kommt. Dass sie mitten im Film hereinplatzt und nicht weiß, worum es geht, lässt uns nur noch mehr lachen.

Ich lerne, auf dem Schwebebalken kleine Sprünge zu machen, dann eine halbe Drehung. Ich lerne, dabei auf den Takt zu achten. Ich lerne, über das Pferd zu springen. Ich lerne, wie man richtig einatmet, ausatmet, sich konzentriert.

Am Sonntagmorgen hören wir »Tino Rossi« auf der Straße singen. Wir stellen uns auf den Balkon und schauen dem Mann zu, der zwischen den geparkten Autos herumwirbelt. Seine Stimme hallt an dem Gebäude gegenüber wieder. Er wendet sich an uns, als wären wir die Zuschauer in einem Theater. Er macht kleine Schritte und Verrenkungen. Damit seine Stimme möglichst voll klingt, breitet er beide Arme aus. Er hat Unmengen von Pomade im Haar und schwarze Augen. Er trägt einen Anzug wie für einen Galaauftritt. Er singt aber nur bei schönem Wetter. Manche der Leute am Fenster werfen ihm Münzen zu. Dann bedankt er sich und macht eine Verbeugung. Er ist unser Sonntagmorgenheld. Die Frau, die nicht meine Mutter ist, sagt, er sei verrückt. Mein Vater sagt, er hätte einen Sonnenstich abbekommen. Angeblich ist er ein Algerienfranzose, ein so genannter *pied-noir*, der es nicht verkraftet hat, dass er Algerien verlassen musste.

Öffnet, ihr Leute, öffnet die Tür
Ich klopfe bei euch an.
Öffnet mir, Leute, ich bin es doch,
Der Wind, in tote Blätter gehüllt
– Kommt ruhig herein, Monsieur, tretet ein.
Bequemt Euch an den Kamin,
In die Nische an der geweißelten Wand,
Seid uns willkommen, Monsieur Wind.
Émile Verhaeren

Wenn die Sonne zu grell ist, macht unsere Lehrerin die Fenster unseres Klassenzimmers auf und lässt die Rollos herunter. Dann sitzen wir im Halbdunkeln. Man kommt sich wie in einem Campingzelt vor. Es gibt kein Innen und kein Außen mehr. Die Geräusche der Welt vermischen sich mit den Endungen der Verben im Passé simple. Man kann nicht mehr richtig lernen.

Mein Halbbruder darf in der Wohnung nicht mit seinem Tretauto fahren. Im Freien darf er aber auch nicht fahren, weil der Gehsteig abschüssig ist. Deshalb bleibt ihm nur der Balkon, doch die Frau, die nicht meine Mutter ist, hat Angst um ihre Blumentöpfe.

Patricia Lestrade ist im Krankenhaus. Sie ist am Blinddarm operiert worden. Die Frau, die nicht meine Mutter ist, findet, wir sollten sie besuchen. Sie sagt, das sei das Mindeste. Sie fragt sich, was man ihr mitbringen könnte. Sie will ihr unbedingt etwas mitbringen. Darüber denkt sie lange nach. Die Frau, die nicht meine Mutter ist, und ich betreten schließlich das Krankenzimmer. Ich stelle mich neben das Bett und weiß nicht, was ich sagen soll. Patricia will offenbar nicht reden. Die Frau, die nicht meine Mutter ist, glaubt, dass es an ihrer Operationsnarbe liegt. Ich aber weiß, dass es ein ganz anderer Grund ist. Wir haben uns nichts zu sagen, das ist alles. So einfach ist es und ganz normal. Ich kann mit Patricia zusammen sein, ohne dass wir reden. Die Frau, die nicht meine Mutter ist, sucht verzweifelt nach einem Gesprächsthema. Ihr ist die Stille in dem Zimmer peinlich. Die Erwachsenen ertragen Stille nicht. Zum Glück kann sie die Schachtel After Eight aus ihrer Tasche holen, sodass wir kurz abgelenkt sind. Patricia bedankt sich und legt die Schachtel auf ihren Nachttisch. Dann sagt sie, dass sie kein Pfefferminz mag. Wieder legt sich Schweigen über den Raum und dauert eine Weile an. Wenig später treffen Patricias Eltern ein. Meine Mutter ist gerettet. Die Eltern bedanken sich. Wirklich, ja, ganz aufrichtig. Wir hätten uns doch nicht die Mühe zu machen brauchen.

Die Frau, die nicht meine Mutter ist, ist eine Nachbarin, wie man sich keine bessere wünschen kann.

Zur Hochzeit einer Tante müssen meine Schwester und ich ein rotes Samtkleid mit Schwanenhals tragen. Meine Schwester sagt, dass sie auf keinen Fall dasselbe Kleid anzieht wie ich. Sie streitet mit der Frau, die nicht meine Mutter ist und die unsere Kleider auf der Nähmaschine näht. Sie sagt, sie würde auf keinen Fall zu dieser Hochzeit gehen. Lieber würde sie abhauen. Sie sagt, dass sie sowieso keine Brautjungfer sein möchte.

Eins und zwei. Eins und zwei. Hundert Bauchmuskelübungen am Stück. Zum Aufwärmen. Auf der Matte. Das erfordert höchste Konzentration. Und einen leeren Kopf. Einatmen, ausatmen. Madame Verdi klatscht dazu in die Hände, steigert das Tempo. Wir sind sieben Mädchen, manchmal fünf oder nur vier. Ich leide richtig auf dieser Matte. Mein Bauch tut weh. Meine Schenkel verkrampfen sich. Sechsundneunzig, siebenundneunzig, achtundneunzig, neunundneunzig, hundert. Ich bin tot. Wir sind alle tot. Ich leide Höllenqualen auf dieser Matte. Wieder aufsetzen, Mädchen! Strecken! Die Arme ganz, ganz weit nach oben! Vorbeugen, Kopf an die Knie, Knöchel umfassen. So bleiben! Knie durchdrücken. Stellung halten, noch länger. Aufrichten. Noch mal von vorn. Kopf vor. Stopp. Hinsetzen, Beine grätschen. Nach links beugen, nach rechts. Nach links, nach rechts. Tiefer, noch tiefer gehen. Wer macht da einen runden Rücken? Strecken, anspannen, noch mehr, ganz lang machen, so bleiben, nicht mehr bewegen. Ich zähle bis zwanzig. Ausruhen, Luft holen. Eine Runde im Laufschritt durch die Halle, kleine Schritte machen, ganz leise, noch leiser. Schneller. Jetzt diagonal. Eine nach der anderen. Solange, du fängst an. Françoise, Christine, Marie-Laure, Nadia, Dominique, Pascaline. Habt ihr nichts zu essen bekommen? Ein bisschen mehr Energie und Spannung, Mädchen! Das ist mir alles zu lasch heute, viel zu lasch.

Ich machte, du machtest, er oder sie machte, wir machten, ihr machtet, sie machten.

Madame Pichot läutet an unserer Tür. Sie möchte einen Erwachsenen sprechen, sagt sie. Meine Eltern sind arbeiten. Sie will wissen, um wie viel Uhr sie wiederkommen. Am Abend, mitten beim Essen, läutet Monsieur Pichot an unserer Tür. Er behauptet, mein Halbbruder habe die Wäsche schmutzig gemacht, die seine Frau zum Trocknen auf den Balkon gehängt hatte. Er sagt, man dürfe seine Kinder nicht ohne Aufsicht lassen. Er sagt auch, dass man ein Kind nicht mit einem Blasrohr spielen lassen darf. Er merkt noch an, dass mein Halbbruder aus dem Fenster hätte fallen können. Er sagt, dass seine Frau die ganze Wäsche noch einmal waschen musste, weil mein Halbbruder Papierkügelchen geschossen hat, die mit Tinte vollgesaugt waren. Monsieur Pichot bleibt vor der Tür stehen. Mein Vater lässt ihn nicht herein.

Meine Tante schenkt mir eine 45er Schallplatte von Sheila. Am Donnerstagmorgen höre ich sie mir immer ganz laut an. Doch es nützt nichts. So allmählich glaube ich, dass Patrick Rodet kein Fan von Sheila ist.

Beim Turnen am Stufenbarren habe ich mir blaue Flecken an den Hüften geholt. Und Blasen an beiden Händen. Die habe ich mir echt hart erarbeitet.

Meine Puppen machen Fortschritte. Jede hat ihr eigenes kleines Heft, in das ich für sie schreibe. Martine hat die schönste Handschrift. Catherine strengt sich auch an. Beide haben schöne, braune Haare. Ich kämme sie vor dem Unterricht. Sylvie und Sophie dagegen sind faul. Zur Strafe ziehe ich sie manchmal vor der ganzen Klasse aus. Wenn sie es zu weit treiben, reiße ich ihnen die Arme aus.

Ich bin die Beste am *grünen Gestell.* Ich habe die kräftigsten Muskeln und Bauchmuskeln der ganzen Nachbarschaft. Ich kann mich nur mit den Armen bis ganz nach oben ziehen. Einige der Jungen können das auch, aber trotzdem.

Nach dem Verlassen der Schule stießen wir
Auf eine große Eisenbahn,
Und in einem goldenen Waggon
Traten wir eine Reise um die Welt an (...)
Jacques Prévert

Meine Schwester will nicht schlafen. Sie will reden. Sie will ihre Nachttischlampe brennen lassen. Ich höre, wie sie sich im Bett hin- und herwälzt, direkt unter mir. Sie will reden, hat aber gar nichts zu sagen. Ich glaube, sie will nur das Einschlafen hinauszögern. Um jeden Preis. Sie steht wieder auf, um sich etwas zu trinken zu holen. Danach steht sie noch einmal auf, um aufs Klo zu gehen. Ich bin müde. Ich tue so, als würde ich ihr zuhören, aber ich bin schon im Halbschlaf, weiß nicht, was sie erzählt. Von Zeit zu Zeit fragt sie, ob ich ihr auch zuhöre. Ich sage ja, klar, aber dann übermannt mich der Schlaf. Ich gleite davon. Ich höre ihre Stimme nur noch in unregelmäßigen Abständen. Ich schaffe es nicht mehr, wach zu bleiben. Ich gebe auf. Ich lasse meine Schwester in der Einsamkeit ihrer Nacht allein.

Ich soll die Musik zu meiner Bodenkür aussuchen. Madame Verdi hat Schallplatten mitgebracht. Wir hören ein paar Stücke von Chopin. Während der ganzen Stunde hören wir fast nur Musik. Ich wähle einen Auszug aus einer *Polonaise*. Da Polonaise auch *Polin* heißt, frage ich mich, wer diese Polin ist, stelle mir aber vor, dass ich es selbst bin.

Ich lese in *Salut les Copains*, dass Frédéric François seine Ferien in der Nähe von Saint-Raphaël verbringt. Wir wollen im Juli auch an die Côte d'Azur in Urlaub fahren. In der Zeitschrift ist auch ein Foto von ihm, wie er neben einem Motorrad steht. Ich bin mir nicht sicher, ob meine Eltern mir erlauben würden, mich auf ein Motorrad zu setzen.

Ich habe ein Pflaster auf der Brust, gegen Tuberkulose. Es juckt. Als ich das Pflaster abziehe, steht fest, dass ich positiv bin. Das sieht man an dem Bläschen. Die Mädchen, die negativ sind, sind ein bisschen enttäuscht.

Die Frau, die nicht meine Mutter ist, kauft ein Glas für den Goldfisch, den mein Halbbruder im Supermarkt gewonnen hat. Zwei Tage später ist der Fisch tot. Er schwimmt an der Oberfläche. Die Frau, die nicht meine Mutter ist, weiß nicht, was sie mit dem toten Goldfisch machen soll. Sie traut sich nicht, meinem Halbbruder zu sagen, dass sein Fisch tot ist. Sie weiß nicht, ob sie ihn ins Klo oder in den Müll werfen soll. Sie hat Angst, dass der tote Goldfisch meinen Halbbruder schockieren könnte. Ganz bestimmt, denke ich, er ist jemand, der beim Anblick eines toten Fisches einen Schock bekommt.

Meine Schwester will nicht zum Zahnarzt gehen. Sie will auch nicht auf den Markt gehen. Sie will auch nicht die Tageszeitung kaufen gehen. Und nicht ins Gemeindehaus gehen, wo man sich Bücher ausleihen kann.

Die Mutter von Patricia Lestrade läutet an unserer Tür und hat das Haarbüschel in der Hand, das ich kurz zuvor ihrer Tochter ausgerissen habe. Sie will wissen, wie das passieren konnte. Die Wahrheit. Die Wahrheit ist, dass wir uns unter dem *grünen Gestell* gestritten haben. Und zwar weil sie damit angegeben hat, sie sei in Paris gewesen. Dabei weiß ich ganz genau, dass das gelogen war. Der wahre Grund ist, dass ich eifersüchtig bin, weil die Frau, die nicht meine Mutter ist, sie so nett findet.

Ich denke nicht mehr an Patrick Rodet, weil er sich sowieso nicht für mich interessiert. Ich höre Sheila etwas leiser und schaue auch nicht mehr durch den Türspion. Ich denke lieber an Patrick Garcia, der zwei Straßen weiter wohnt. Er hat braune Augen, dichte Augenbrauen und ist alles andere als schüchtern.

Bei *Carrefour* darf ich mir zwei Bücher für die Ferien aussuchen. Ich nehme *Der Fächer von Sevilla* und *Fünf Freunde* von Enid Blyton. Hinterher gehen wir in die Cafeteria. Wir nehmen Pommes frites und Schokoladenpudding und setzen uns unter die orangefarbenen Lampen. Wenn wir zu viert sind, setzen wir uns an einen Vierertisch. Wenn meine Schwester auch dabei ist, müssen wir einen freien Stuhl finden und die Leute an dem Tisch höflich darum bitten.

Wenn ich krank bin, gehe ich nicht zur Schule. Ich bleibe im Bett und lasse mich von Doktor Nerf untersuchen. Die Frau, die nicht meine Mutter ist, kommt am Mittag von ihrer Arbeit und kocht mir Nudeln mit geriebenem Käse. Ich esse meinen Teller nicht leer, weil die Nudeln nach nichts schmecken. Am Nachmittag bleibt mein Vater zu Hause. Ich döse in der ruhigen Wohnung vor mich hin.

Der König der Regalbretter hat seine Frau verlassen, erfährt man im Treppenhaus. Sobald das letzte Brett montiert war. Manche sagen, das gehöre sich nicht. Andere glauben, dass er wiederkommen wird.

Mein Halbbruder spielt mit seinem Schinken und dem Chicorée herum. Die Frau, die nicht meine Mutter ist, schneidet das Gemüse klein und sagt, er solle endlich essen. Sie gibt ihm noch einen Löffel von der weißen Sauce. Er sagt, dass er es nicht mag. Sie besteht darauf, dass er wenigstens einen Löffel isst. »Probier es doch wenigstens«, hört man bei jeder Mahlzeit. Dann: »Mach den Mund auf!«, »Kaue!« und schließlich: »Schluck es hinunter!«. Zum Schluss kommt noch ein »Trink einen Schluck, dann ist der Geschmack weg«.

Wir fahren in Urlaub. Wir nehmen die Route Napoléon, die über die Alpen führt. Mein Vater fährt schnell. Er schneidet die Kurven. Mein Halbbruder sitzt in der Mitte, eingekeilt zwischen meiner Schwester und mir. Wir wohnen im Hinterland, ungefähr zwanzig Kilometer von Saint-Raphaël entfernt. Ich weiß nicht, ob ich Frédéric François überhaupt sehen werde. Aber ich schaue mir alle jungen Männer auf einem Motorrad genau an.

In diesem Sommer lese ich den *Fächer von Sevilla* mehrmals durch. Es ist die Liebesgeschichte zwischen einem Mandelmilch-Verkäufer und einer jungen Zigeunerin. Auf dem Umschlag des Buches trägt sie ein rotes Volantkleid mit weißen Pünktchen. Ich muss mich jedes Mal verstecken, um zu weinen, wenn ich zum Ende komme. Ich verstehe nicht, warum der Autor den jungen Mann ausgerechnet dann sterben lassen muss, wenn sie endlich glücklich sein könnten. Ich verstehe nicht, was daran gut sein soll, wenn man alles verdirbt.

2

Es ist das letzte Jahr in der Grundschule. Und auch das schlimmste, wegen Maryse Blacher. Niemand in der Klasse kann es begreifen, aber alle wissen es. Niemand in der Klasse rührt einen Finger, aber alle leiden. Alle verabscheuen die Lehrerin, die uns das zumutet, und gleichzeitig erregt uns das einzigartige Schauspiel, das sie uns bietet. Madame Durel kleidet sich so, wie es damals Mode ist, das heißt mit Minirock und hohen Stiefeln mit Reißverschluss. Wie wir alle, friert auch sie in dem Fertigbau. Sie stellt sich vor den Ofen, öffnet den Reißverschluss ihrer Stiefel, zieht zuerst den einen, dann den anderen aus und wärmt sich die Füße, indem sie jeweils ein Bein vor die Flammen hält. Sie streckt die Zehen, während sie uns gleichzeitig Grammatikfragen stellt. Wir wissen, dass sie irgendwann auch Maryse Blacher aufrufen wird. Wir wissen, dass dieses ganze Theater nur aufgeführt wird, weil Maryse Blacher, die zusammengekauert in einer Ecke sitzt, in unserer Klasse ist.

Madame Durel zieht ihre Stiefel wieder an und wärmt sich nun den Rücken am Ofen. Sie steht seitlich, im Profil zu uns, dreht uns aber hin und wieder den Kopf zu. Sie rührt sich nicht von der Stelle, stellt ihre Fragen vom Ofen aus. Sie bewegt nur den Kopf, streicht ihre Pagenfrisur glatt. Die Fragen sind nicht schwierig, aber Maryse Blacher weiß nie die Antwort. Dabei müsste sie nur eine Grammatikregel aufsagen. Das ist alles. Sie hat keine Zeit zum Antworten, wird sofort von Angst überwältigt. Sie steht da, die Hände auf ihr Pult gestützt. Sie bewegt die Lippen, versucht, einen Laut herauszubringen, doch nichts geschieht. All unsere Augen sind auf sie gerichtet, begleiten sie. Wir beschwören sie stumm, die richtige Antwort zu finden. Dabei wissen wir genau, was passieren wird. Wir würden es gern verhindern, obwohl uns klar ist, dass wir nichts verhindern können. Wir wissen, dass wir heute nichts lernen werden, sondern dass etwas passieren wird, das uns bis zum Ende des Unterrichts beschäftigen wird. Wir werden keine Fortschritte in französischer Grammatik machen. Uns wird übel werden angesichts der Szene, die sich gleich vor unseren Augen abspielen wird.

Madame Durel fordert Maryse Blacher auf, nach vorne an die Tafel zu kommen. Maryse Blacher weiß, dass sie nur Zeit schinden kann. Sie zieht ihre Kniestrümpfe hoch. Dann geht sie langsam nach vorn zum Lehrerpult. Es ist immer dieselbe Frage, die ihr gestellt wird. Und das Antworten wird mit jeder Wiederholung noch unmöglicher. Wir haben den Eindruck, dass Maryse Blacher nicht die geringste Ahnung hat, wie sie sich retten könnte. Sie hat keine Ahnung, dass sie der Situation entkommen könnte. Sie hat die Leidensmiene eines Opfers, noch ehe der ganze Prozess in Gang kommt, noch ehe sie beim Verhör versagt hat. Noch ist alles möglich. Sie müsste nur eine Regel aufsagen, doch stattdessen ist sie völlig blockiert, fest davon überzeugt, dass das Unvermeidliche eintreten wird. Sie bemüht sich gar nicht erst, eine Antwort zu geben, und sei sie auch falsch, gibt keinen Laut von sich, versucht ihr Glück gar nicht. Sie überreicht, wie man so schön sagt, den Stock, mit dem sie geschlagen wird. Sie erwartet diesen Fortgang, als wäre er ein unabwendbares Schicksal. Sie fügt sich in den einzig möglichen Handlungsablauf. In ihr Scheitern, ihre Bestrafung. Und sie hat recht, ihr bietet sich keine andere Lösung, kein Ausweg.

Madame Durel wiederholt ihre Frage, nunmehr mit einem ironischen Unterton. Wir anderen Schülerinnen bilden eine geschlossene Front, welche die Antwort kennt. Die richtige Antwort liegt uns auf der Zunge, wir würden sie gern in einem gemeinsamen, brennenden Atemzug vor uns hinmurmeln. Doch Maryse Blacher, die wie erstarrt vor ihren fünfundzwanzig Mitschülerinnen steht, weiß nicht mehr, wie sie ihr Gehirn in Gang setzen könnte. Sie befindet sich im Inneren eines riesigen Vakuums, in einem schwarzen Loch, ist wie betäubt. Ein Wort schon würde sie retten, eine Geste, eine Bewegung. Aber ihre Lippen zittern hilflos weiter und ihre Augen sind flehentlich auf Madame Durels Gesicht geheftet, als wollte sie sich dafür entschuldigen, dass sie überhaupt existiert.

Madame Durel macht einen Schritt auf Maryse Blacher zu, die bereits ängstlich zurückweicht. Es bedarf keiner

Drohung, keines erhobenen Arms. Die Schülerin, der verlangten Antwort schon so fern, ist bereits darauf fixiert, was gleich kommen wird und schützt sich reflexartig. Fast unmerklich hebt sie den Unterarm, in einer Geste angstvoller Abwehr. Sie deutet eine leichte, kaum wahrnehmbare Bewegung an. Sie drückt sich mit dem Rücken an die Tafel. Madame Durel ist nur noch einen Meter von ihr entfernt. Sie wiederholt ihre Frage, rät Maryse Blacher, gut nachzudenken, gibt ihr, wie jedes Mal, zu verstehen, dass dies ihre letzte Chance ist. Man könnte Madame Durel fast für großmütig halten, angesichts der Beharrlichkeit, die sie an den Tag legt, um Maryses Schicksal abzuwenden.

Ab diesem Zeitpunkt ist alles wie ein Spiel zwischen uns, dem Publikum, und den beiden Darstellerinnen auf dem Podest. Madame Durel hat ein ausgezeichnetes Gespür für Inszenierungen, denn mein ganzes Leben lang wird mich kein Theaterstück jemals mehr derart in seinen Bann ziehen wie jenes, das sich an diesem Tag auf dem Podest in der Grundschule abspielt. Die Spannung lässt keine Sekunde nach, obwohl jede der Anwesenden den weiteren Ablauf kennt, weil sie ihn schon mehrfach erlebt hat. Wir halten vor Anspannung die Luft an, denn gleich erwartet uns mit Sicherheit der auf widerlichste Weise prickelndste Moment. Wie eine Katze, die mit einer Maus spielt, versteht es Madame Durel bravourös, das eigentliche Fressen hinauszuzögern, ehe sie dann urplötzlich zuschlägt.

Unvermittelt hebt sie die Stimme und ihr Gesichtsausdruck verändert sich. Was bisher nur ein Spaß war, wird nun Ernst. Die junge Frau im Minirock verwandelt sich in eine böse Hexe. Die Lehrerin vergisst jede Grammatik, alle Regeln oder Beispiele. Sie vergisst die Gründe, weshalb sie vor einer Klasse mit sechsundzwanzig Schülerinnen steht. Alle Macht liegt in ihren Händen. Und das ist alles, was im Moment zählt. Aus ihrem Mund kommen die Worte, auf die wir bereits warten.

Sie sagt: »Sag mir sofort die richtige Antwort, sonst hole ich deine Mutter.« Nach dem Wort »Mutter« hält sie die Luft an, wohlwissend, welchen Effekt sie damit erzielt. Damit trifft sie jedes Mal ins Schwarze. Kaum ist das Wort ausgesprochen, kann Maryse Blacher sich nicht mehr beherrschen und beginnt haltlos zu schluchzen und zu zittern. Endlich kommt sogar ein Laut aus ihrem Mund. Ein Laut, der auch an unsere Ohren gelangt und uns das Herz zerreißt. Sie kann endlich etwas sagen, laut sogar, nämlich »nein«. Kaum hört sie »Mutter«, sagt sie reflexartig »nein«. Was hat ihre Mutter in unserem Klassenzimmer zu suchen? Jede von uns würde erschrecken, wenn ihre Mutter herbeizitiert würde. Nein, haltet unsere Mütter und Väter von der Schule fern, beim Erlernen der Partizipien der Vergangenheit haben sie nichts zu suchen. Nein, es ist völlig undenkbar, unsere Mütter und Väter mit der Intimsphäre unseres Klassenzimmers zu verquicken. Das ist unsere Privatsache, unser Geheimnis.

»Ich warne dich, ich werde deine Mutter rufen!«, wiederholt Madame Durel. »Nein«, keucht Maryse Blacher, die genau weiß, was ihr blüht, wenn ihre Mutter kommt. Sie sieht ihren Untergang näher kommen. Ein letztes Mal, und wohl mehr zu ihrem eigenen Vergnügen, als um ihrem Opfer eine letzte Chance zu geben, sagt Madame Durel: »Du zwingst mich, deine Mutter zu holen. Ich habe getan, was ich konnte.« Ehe sie die Klasse verlässt, ernennt Madame Durel eine Aufseherin, welche die Klasse in Schach halten soll. Ich hoffe, dass ihre Wahl nicht auf mich fällt. Es kommt auch vor, dass sie eine von uns losschickt, um die Mutter von Maryse Blacher zu holen, die als Putzfrau in den Nebengebäuden der Schule arbeitet.

Wir wartend schweigend, bis Madame Durel mit der Mutter von Maryse zurückkommt. Wir warten, während Maryse vorne auf dem Podest steht. Sie kommt nicht auf die Idee, sich wieder zu setzen oder gar zu fliehen. Stehend erwartet sie das Unabwendbare, billigt es, lässt die Fortsetzung zu. Und wir alle akzeptieren, dass diese Welt existiert, so wie sie für uns beschlossen, geformt und organisiert wurde. Seit mehreren Jahren dressiert, stellen wir uns jeden Morgen in Zweiergruppen auf und rufen »hier«, wenn unser Name aufgerufen wird. Wir respektieren Gesetze und Regeln, ohne sie zu hinterfragen. Wir gehorchen, sammeln eifrig Pluspunkte und Fleißbildchen. Während die Älteren bis neulich noch auf die Barrikaden gestiegen sind, tun wir so, als hätte es ihre Verweigerung nie gegeben. Ihre Weltanschauung ist nicht bis in die ärmlichen Vorortsiedlungen vorgedrungen.

Die Lehrerin reißt die Tür auf, gefolgt von Madame Blacher. Beide putzen ihre Schuhe ab, und allein schon dieses Detail wirkt vollkommen absurd. Sie nehmen sich die Zeit, ihre Schuhsohlen abzustreifen. Madame Blacher weiß, worum es geht. Sie ist bereits in Rage. Man könnte fast meinen, dass sie den ganzen Morgen schon auf diesen Augenblick gewartet hat. Von da an vergessen wir Madame Durel, wir vergessen alles, den Unterricht, die Fragen, die Partizipien der Vergangenheit, die Schule. Wir vergessen, dass wir zehnjährige Kinder sind. Wir vergessen den Fertigbau, den Ofen, den Winter, Madame Durels Stiefel. Wir sitzen wie vom Donner gerührt auf unseren Stühlen. Unsere Mägen ziehen sich schmerzhaft zusammen. Wir werden zu unfreiwilligen Zeugen dessen, was gleich kommen wird. Wir sind Geiseln, die in diesem Klassenzimmer festgehalten werden, in dem sich gleich vor unseren Augen eine der schmerzlichsten Prüfungen unserer Kindheit abspielen wird.

Madame Blachers Gesicht zu sehen, ist schon eine Qual. Ihre glatten, fettigen Haare, ihre Augen, in denen sich all ihr Hass auf ihre Tochter spiegelt. Ihre Wangen und ihre Stirn, vom Zorn verfärbt. Ihr Gesicht, aber auch ihre Art, wie sie sich ihrer Tochter nähert, sich auf sie stürzt. Ihre eckigen Bewegungen, die Brutalität, mit der sie ihre Tochter unterwirft. Madame Blacher beschimpft Maryse auf übelste Weise. Sie schreit nicht, sondern spuckt die Worte aus. Immer dieselben. Sie packt sie an den Haaren und die Tortur beginnt. Immer und immer wieder stößt sie Maryse mit dem Kopf an die Tafel, faucht Beschuldigungen und Anklagen. Und die Strafe steht in keinem

Verhältnis zur Verfehlung. Es handelt sich nicht um eine Bestrafung. Das Ganze ähnelt eher einer Racheaktion, ausgeführt mit einer Verbissenheit, die sich über Jahrhunderte hinweg angestaut zu haben scheint. Sie lässt nicht los, schlägt den Kopf ihrer Tochter unermüdlich gegen die Tafel. Die Frau und das Mädchen stehen fast mit dem Rücken zu uns, doch wir sehen hin und wieder Maryses verheultes, flehendes Gesicht, und genau dieses Bild setzt sich in unseren Köpfen fest, das Bild von Maryse und folglich von uns selbst, der zerstörerischen Allmacht der Erwachsenen ausgesetzt. Es ist Maryses Gesicht, das sich in unser Gedächtnis eingräbt, mit Rotz und Tränen verschmiert. Und die wie aus dem Nichts gekommene Wut, die so unvermittelt in unser Klassenzimmer eingedrungen ist, der aus dem Nichts entsprungene Wahnsinn, der auf uns einstürzt, auf uns, die wir es nicht verdient haben, ohnmächtige Zeugen einer solch grausamen Szene zu sein.

Die Strafaktion zieht sich mehrere Minuten lang hin, bis Madame Blacher ihre zerstörerische Energie endlich ausgelebt hat. Madame Blacher streicht ihre Kittelschürze glatt. Maryse verbirgt ihr Gesicht hinter den Händen. Wir senken die Köpfe. Wir könnten ihren Blick nicht ertragen. Ich komme auch nicht auf die Idee, Madame Durel anzuschauen. Ich werde nie wissen, was während dieser Szene in ihrem Gesicht geschrieben steht. Ich vergesse Madame Durel völlig, die sich zugunsten von Madame Blacher zurückgezogen hat. Ich weiß nicht, ob sie dasselbe empfindet wie wir. Angst, nichts als nackte Angst. Eine Angst, durchsetzt mit einem sonderbaren, neuen, beunruhigenden Gefühl. Wir lernen eine neue Art von Erregung und Aufregung kennen. Als zwangsläufige Zeugen verspüren wir etwas, was keiner von uns jemals zugeben würde: Maryse Blacher leiden zu sehen, erregt uns. Madame Durel hat uns auf ihre Seite gezogen und dass wir das zulassen, nehmen wir uns übel, ohne es zu merken, und verspüren Abscheu vor uns selbst. Wir hassen uns, weil wir den Ablauf der Dinge nicht verhindern konnten. Wir hassen es, dass wir noch Kinder sind. Wir lernen Perversion kennen. Wir erfahren, was eine Falle ist, dass es Peiniger und Opfer gibt. Wir erfahren, wozu der Mensch fähig ist.

Meine Eltern sind nicht da, wenn ich von der Schule komme. Ich habe den Wohnungsschlüssel um den Hals hängen. Es ist ein großer Schlüssel, der sich auf der Haut kalt anfühlt. Das Band, an dem er hängt, ist nicht sehr lang. Um die Tür aufzuschließen, muss ich mich bücken und den Hals vorstrecken. Ich finde es schön, in eine leere Wohnung zu kommen. Ich gehe gleich in die Küche und öffne den Kühlschrank. Wenn meine Eltern jedoch da sind, ziehe ich mir als Erstes die Schuhe aus.

Ich bin fasziniert von der Liebesgeschichte zwischen Sheila und Ringo Willycat, die in *Salut les Copains* steht. Auf einem Foto steht Ringo mit dem Rücken an eine Wand gelehnt, die Hände in den Taschen seiner Jeans vergraben. Er sieht traurig aus, schaut auf den Boden. Er trägt einen dicken breiten Ledergürtel, und sein Hemd steht offen. Mir gefallen die herausquellenden Brusthaare nicht, aber seine dunklen Augen sind schön, und er ist offenbar sehr verliebt. Während er Trübsal bläst, macht Sheila Ferien. Sie ist mit anderen Leuten auf einer Yacht. Ich verstehe nicht, warum sie ohne ihn weggefahren ist. Traut sie sich vielleicht noch nicht, zu ihrer Liebe zu stehen?

Ich konjugiere die Verben der zweiten und dritten Gruppe. *Je rends, j'admets, je perds*. Die Diktate werden länger und weniger heiter. Ich esse in der Schulkantine. Es gibt panierten Fisch, Rosenkohl und Spinat aus der Dose. Es ist kalt in dem Fertigbau. Wir leben in einer Welt aus Feuchtigkeit und Frost. Wir haben Turnen im Freien. Trotz der eisigen Temperaturen trägt unsere Lehrerin kurze Hosen über einer Strumpfhose. Sie befiehlt uns, hinter ihr her um das Schulgebäude zu rennen. Wir laufen mit eingezogenen Köpfen. Dunstschwaden quellen aus unseren Mündern. Wir hoffen, dass sie die Stunde vorzeitig abbricht. Auf der anderen Straßenseite wird gerade ein neues Gebäude errichtet. Die Bauarbeiter unterbrechen ihre Arbeit, um unserer Lehrerin nachzupfeifen. Sie rufen fremdländische Wörter, die wir nicht verstehen. Unsere Lehrerin sagt, sie seien Algerier.

In der Abstellkammer neben dem Badezimmer stehen die Nähmaschine, Waschpulver, das Bügeleisen, die Bohnermaschine, der Staubsauger, eine Packung Monatsbinden. An dem Tag, an dem ich zum ersten Mal meine Regel bekomme, ist meine Schwester nicht da. Die Frau, die nicht meine Mutter ist, sagt zu mir: »Weißt du, wo die Monatsbinden sind?« Ich mache einen auf naiv und frage: »Nein, was für Binden?«

Ich leihe Catherine mein neues *Salut les Copains* aus. In der großen Pause blättern wir das Magazin durch. Wir sitzen etwas abseits von den anderen Mädchen auf den Stufen des Fertigbaus. Wir tragen Kniestrümpfe. Wir zupfen an unserem Rock herum, damit man nicht zu viel von unseren spitzenbesetzten Unterhosen sieht.

Wir besuchen meine Schwester in einem Haus, das weit weg von zu Hause liegt. Es ist ein düsterer, dunkler Kasten mit dunklen Zimmern, ähnlich wie eine Ferienkolonie. Es gibt einen Speisesaal, der auf den Garten hinausgeht. Meine Schwester scheint sich nicht sonderlich über unseren Besuch zu freuen. Die Frau, die nicht meine Mutter ist, sagt, das läge an den Medikamenten. Mein Vater sagt nichts. Er hat die Autoschlüssel verloren und verbringt den Nachmittag hauptsächlich damit, sie zu suchen. Meine Schwester sucht die Schlüssel ebenfalls. Wir alle suchen die Schlüssel.

»Auf, weiter geht's! Du wirst dich unterkühlen! Hopp, aufstehen, los geht's! Ja, auf, du bist dran! Fang noch mal beim Ellbogen an. Spring hoch! Ja, noch höher, streck dich. Ja, du hast es fast geschafft. Weiter. Tief durchatmen und weitermachen. Ja, gut so. Becken abstützen, mehr mit den Beinen umschließen. Weiter, weiter, weiter. Alle Muskeln anspannen, dann wieder lockern! Ja. Auf, weiter! Doch, hochziehen, mehr Konzentration! Es wird schon! Das Becken! Ja, so! Gut. Du blockierst. Langsam, langsam! Denk an den Rücken und es vergeht. Ja! Wunderbar!« Madame Verdi gibt mir einen Klaps auf den Po.

Die Lehrerin trägt mir auf, die Mutter von Maryse Blacher zu holen. Ich stehe auf, senke den Blick, als ich an Maryse vorbeigehe. Ich trete hinaus in das Licht des Frühjahrs und gehe hinter den zweiten Fertigbau, dorthin, wo die Mutter von Maryse Blacher meistens arbeitet. Ich weiß, dass ich mir keinen Fehler erlauben darf. Mein Instinkt versagt nicht. Ich bin unfähig zu denken, meine Gedanken zu ordnen. Ich habe keine Gedanken, keine Absicht, kein Ziel. Ich bin ein Tier, bewege mich auf dem Kiesweg des Schulhofs vorwärts, biege um die Ecke des Gebäudes. Ich merke, dass ich immer langsamer werde.

Die Mutter von Maryse Blacher putzt gerade eine Kloschüssel. Sie hat mir den Rücken zugewandt. Ihre Schultern bewegen sich ruckartig. Ich bleibe stehen, doch nichts geschieht. Kein Laut kommt über meine Lippen, nichts. Eine unüberwindbare Mauer trennt mich von der Mutter von Maryse Blacher. Sie gehört zu einer anderen Welt, einer Welt aus Wasserspülkästen und feuchten Wandfliesen, einer Welt der Reinigungsmittel und Besen, einer Welt der kühlen Spiegelbilder. Sie kauert in der Hocke in der Baracke, wirkt plump in ihrer Kittelschürze aus Nylon. Sie dreht sich nicht um, und ich gehe schweigend hinter ihr vorbei. Ich gehe einfach weiter, ohne meinen Auftrag auszuführen. Ich gehe weiter, ohne zu atmen, um den Fertigbau herum. Ich warte ein bisschen, ehe ich wieder ins Klassenzimmer gehe.

Ich gehe die drei Holzstufen hinauf, öffne die Tür und erkläre, dass ich die Mutter von Maryse Blacher nicht gefunden habe. Meine Aussage löst nichts aus. Weder Zorn noch Verärgerung. Sie wird als Tatsache hingenommen, als einzig mögliche Antwort. Die Lehrerin stellt meine Worte nicht in Frage. Ich habe die Mutter von Maryse Blacher nicht gefunden, und damit ist die Sache erledigt, so einfach ist es. Alles ist wieder wie zuvor. Diese Lüge ist, wie ich glaube, meine erste richtige Lüge. Die Lüge eines Kindes gegenüber einem Erwachsenen. Ich staune darüber, mit welcher Selbstverständlichkeit diese Lüge aufgenommen wird. Was ich empfinde, ist nicht etwa Freude darüber, Maryse Blacher gerettet zu haben. Nein, vielleicht habe ich nicht einmal gelogen, um Maryse Blacher zu verschonen. Der Grund für meine Verweigerung ist irgendwie komplizierter. Ich habe nicht das Gefühl, dass ich besonders großherzig oder edelmütig gewesen wäre. Ich verspüre etwas Neues, bisher Unbekanntes. Ich widersetze mich einem Erwachsenen, ich sage nein, ganz ruhig, aber mit aller Bestimmtheit, die ich aufbringen kann. Ich werde allmählich erwachsen. Ich sage, dass ich die Mutter von Maryse Blacher nicht gefunden habe, aber in Wirklichkeit ist es meine eigene Mutter, die ich nicht gefunden habe.

3

Am ersten Tag im Gymnasium lernen wir nichts. Jeder Lehrer lässt uns Blätter ausfüllen. In die Zeile, in der nach dem Beruf des Vaters gefragt wird, schreibe ich: Gruppenleiter. Ich weiß nicht, was ich bei Mutter schreiben soll. Ich bin stolz, dass ich Gruppenleiter schreiben kann. Denn in dem Wort Leiter steckt das Wort Verantwortung und vielleicht auch Leistung.

Wir schreiben nicht mehr in Hefte, sondern in Ringbücher. Aus kleinen Formaten werden große. Die großen Karos hingegen werden kleiner.

Ich lerne Englisch. Wir arbeiten mit der audiovisuellen Methode. Das ist eine Neuheit. Wir müssen Schallplatten kaufen. Die Familien, die sich das nicht leisten können, können sich zusammenschließen. Alle in meiner Klasse schließen sich zusammen. Mit einem Mädchen namens Sandra gehe ich zum Englisch lernen zu Helena.

Wir haben neun Lehrer, zu denen auch unser Klassenlehrer gehört. Alle geben uns Listen mit Dingen, die wir kaufen müssen. Alle reden ständig von einer Methode, die wir uns aneignen müssen, um gut zu lernen. Sie reden von nichts anderem als von der »Methode«.

Mit der Liste mit dem Schulbedarf gehen wir zu *Carrefour.* Wir stehen lange vor den Regalen mit Heften und Ringbucheinlagen. Wir stellen fest, dass es zweierlei Sorten von Bleistiften gibt, HB und 2B, einfache Blätter, Doppelblätter und gelochte Doppelblätter. Wir brauchen auch Klarsichtfolie zum Einbinden der Bücher. Wir entscheiden uns für einen Füllfederhalter der Marke Stypen mit Tintenpatronen.

I'm Jeff. What's your name? My name is Linda and this is Sam. Look at Huck! He's surprised! Look at Jane! She's scared! Ich verstehe kein Wort. Ich muss mir die Schallplatte dreimal so oft anhören wie Helena und Sandra. Ich mag kein Englisch. Hoffentlich werde ich im Unterricht nicht aufgerufen.

»Das Ringbuch richtig zu führen ist von größter Bedeutung«, sagen unsere Lehrer. Wir erfahren, was Trennblätter, Lochverstärkungsringe und Linienblätter sind. Ich mag das leise Klicken der Ringbuchklammern, wenn man sie auf- und zumacht.

Wir müssen fast jede Stunde den Raum wechseln. In den ersten Tagen wissen wir nicht, ob wir uns die vielen verschiedenen Raumnummern überhaupt jemals merken können. Wir müssen sie ständig auf dem Stundenplan nachschauen. Jeder Wochentag ist anders. Wir entdecken eine neue Zeitrechnung. Donnerstags fangen wir erst um neun Uhr an. Freitags haben wir schon um fünfzehn Uhr Schluss, und das kommt mir wie ein Geschenk vor.

Helena wohnt im achten Stock eines Hochhauses mit Sprechanlage. Das ist ein Zeichen von Wohlstand. Ihre Familie hat sogar einen Geschirrspüler. Wenn ich sie am Morgen abhole, taucht ihre Mutter manchmal nackt am Ende des Flurs auf. Sie ist polnischer Abstammung und arbeitet bei Renault.

Wir haben ein Lehrer-Eltern-Korrespondenzheft mit abreißbaren Zetteln für Zuspätkommen (blau) und Fehlen (rosa). Eine Aufsichtsperson überwacht uns beim Betreten und Verlassen des Gymnasiums.

Ehe wir in den Turnverein gehen, kommt Marie-Laure mit zu mir nach Hause. Wir haben Hunger. Ich stelle die Erdbeermarmelade und eine Packung Zwieback auf den Tisch. Marie-Laure beginnt zu futtern und hört nicht mehr auf. Also mache ich es ihr nach. Ich bestreiche Zwieback um Zwieback mit Marmelade und stopfe ihn in mich hinein. Wir reden nicht. Wir essen jede ein ganzes Paket mit siebzehn Zwiebacken. Irgendwann muss ich »Stopp!« sagen, damit meine Eltern nichts merken. Wir haben Bauchweh. Als wir ins Turnen kommen, ist unser Bauch so dick, dass er sich unter unserem engen Trikot wie eine Kugel wölbt.

Die Verben werden unregelmäßiger, die Gedichte länger, die Sprache wird abstrakter.

Dann, eine Dame, an ihrem oberen Fenster,
Blond mit schwarzen Augen und altmodischen Kleidern,
Die ich, in einem anderen Leben vielleicht,
Schon einmal gesehen habe,
Und deren ich mich erinnere.
Gérard de Nerval

Wir bringen Zettel nach Hause, die wir unterschreiben lassen müssen. Regeln, die man unterschreiben muss, Genehmigungen. Ich entdecke die Unterschrift meiner Eltern.

Wir üben uns in Textzusammenfassungen, in Aufsätzen, die aus drei Teilen bestehen. Wir lernen, was These, Antithese und Synthese sind. Wir lernen, unsere Gedanken zu ordnen. Wir lernen zu sagen: Ja, aber…

Mein Leben läuft wie mechanisch ab. Wohnung, Gymnasium, Turnverein. Ich bräuchte meine Schwester, doch sie ist nie da. Ich habe niemandem, mit dem ich reden, mich vergleichen könnte. Ich habe keine Angst, dass ich wie sie werden könnte. Das kommt mir nicht einmal in den Sinn. Ich wiege mich in Sicherheit. Ich weiß, dass ich groß werde, trotz dieser Sache, die ich nicht weiß. Meine Schwester ist die Einzige, die mir auf meine Frage eine Antwort geben könnte. Ich brauche sie, das Jahr, das sie älter ist, ihre Erinnerungen. Ich habe Angst, dass meine Schwester das Gedächtnis verlieren könnte. An dem

Ort, an dem sie lebt, kann man auch ohne Gedächtnis leben.

Als wir nach einem Besuch bei meiner Großmutter nach Hause fahren, kaufen mir meine Eltern bei *Carrefour* einen violetten Bademantel. Er ist wunderschön. Ich ziehe ihn jeden Abend an. Dann stelle ich mich vor den großen Spiegel im Flur und betrachte mich in meinem neuen Bademantel. Er lässt mich größer und schlanker wirken. Ich habe wirklich eine gute Wahl getroffen.

An Sonntagen frage ich manchmal, ob wir meine Schwester besuchen gehen können. Ich packe ein paar Kleidungsstücke für sie ein, das Shampoo, das sie vergessen hat, und die neueste Ausgabe von *Salut les Copains*. Die Frau, die nicht meine Mutter ist, bügelt ihr Chasuble und einen Rolli. Ich packe auch ihre Turnschuhe und einen Trainingsanzug ein. Ich weiß nicht, was sie sonst noch brauchen könnte.

Das Gymnasium ist eine Welt voller hektischer Betriebsamkeit und voller Jungen. Die Mädchen setzen sich auf die eine Seite, die Jungen auf die andere – instinktiv. Jungen und Mädchen schauen sich nicht an – vorsichtshalber. Die Jungen tun den Mädchen gegenüber gleichgültig – aus Stolz. Die Mädchen schauen den Jungen nicht in die Augen – weil sie so erzogen wurden.

Zum Geburtstag bekomme ich ein Buch, von dem ich nur die ersten paar Seiten lesen werde: *Das Wunder der Geburt*. Mehrere Längsschnittzeichnungen illustrieren die verschiedenen Stadien der Schwangerschaft und der Geburt. Die Kommentare, die jeweils dabeistehen, sind so inhaltsleer wie die Diktate in der Volksschule. Da ich jedoch nicht ganz genau weiß, wie der Samen des Papas in die Mama kommt, konzentriere ich mich auf das ziemlich kompliziert und gestelzt geschriebene Vorwort. Ein Satz fasziniert mich besonders: *Wenn der Papa die Mama sehr liebt, ist er dazu in der Lage, sein Glied in ihre Scheide einzuführen.* Ich beschäftige mich lange mit diesem Zusammenhang von Ursache und Wirkung. Der Papa ist also dazu in der Lage. Aber nur, wenn er die Mama liebt. Kein weiteres Wort über das Glied, das Unbekannte. In diesem Alter fehlt mir eine entscheidende Information: dass das Glied hart werden muss zum Beispiel. (Da mir schleierhaft ist, wie diese zwei Körperteile ineinanderpassen, sage ich mir, dass der Papa, wenn er die Mama sehr liebt, vielleicht zu allem Möglichen in der Lage ist.) Ich lese diesen Satz viele Male, wage aber nicht, mit meiner Schwester darüber zu reden, die sicher etwas mehr darüber wissen müsste als ich.

Ich sehe Männer fortan mit anderen Augen. Ich weiß jetzt, dass sie »in der Lage sind«. Ich bilde mir ein, dass die Liebe einen dazu befähigt. Aber natürlich habe ich keine Ahnung, was Liebe sein könnte. Ich frage mich, ob das, was ich für den Jungen empfinde, der in der Klasse vor mir sitzt, Liebe ist. Ich weiß nicht, ob die Liebe zwischen dem Papa und der Mama eine besondere Liebe ist, die einem besondere Fähigkeiten verleiht.

Ich spüre, dass es da ein Geheimnis gibt, etwas, das Gott sehr nahe kommt. Die Welt des Unsichtbaren fängt mich wieder ein. Angestrengt überlege ich mir, was alles unsichtbar ist: die Liebe, Gott und die Toten. Allerdings beunruhigt es mich, dass das Unsichtbare präsenter ist als das, was man sehen kann. Das Unsichtbare verfolgt mich Tag und Nacht, gibt mir ein Gefühl von Schuld.

Im Religionsunterricht liest uns Abbé Blanc aus den Evangelien vor. Wenn er nicht da ist, wird er von einem jungen Priester vertreten, der ständig lächelt. Er geht hinter uns durch die Reihen und betrachtet unsere Bilder, die Geschichten aus den Evangelien darstellen sollen. Manchmal streicht er uns über den Kopf. Er sagt, dass man Gott nicht abbilden kann. Er stellt sich vor die Klasse und lächelt weiter. Er fragt mich, was das für ein Gekringel auf meinem Kopf ist. Er verspottet mich vor der ganzen Klasse wegen meiner Haare, die ich nur mit größter Mühe und mit zahlreichen Spangen bändigen kann.

Natürlich erzähle ich zu Hause nichts davon. Ich erzähle zu Hause nie etwas. Weder vom Gymnasium noch vom Turnen oder vom Religionsunterricht. Man stellt mir auch keine Fragen. Ich mache meine Hausaufgaben allein, in meinem Zimmer. Niemand ahnt, dass ich mich so intensiv mit dem Jenseits beschäftige.

Meine Großmutter erwartet uns. Sie macht den Kaffee heiß und schaltet den Fernseher ein. Mein Vater schaut das Fünf-Länder-Turnier. Die Toilette ist draußen im

Treppenhaus. Ausgerechnet ich muss meinen Halbbruder dorthin bringen.

Einer unserer Lehrer macht eine Anspielung auf die *Ereignisse in Algerien*. Ein Teil der Klasse weiß, worum es geht. Ich bitte meinen Vater, das Fotoalbum herauszuholen. Es sind Schwarzweißfotos. Die Frau, die nicht meine Mutter ist, verlässt den Raum. Mein Vater ist ungewöhnlich wortkarg. Er spricht von glühender Hitze. Er erzählt von dem Schiff, mit dem er dorthin gefahren ist. Er spricht von der Kaserne, der er zugewiesen wurde. Er setzt voraus, dass ich weiß, was das Wort »einberufen« bedeutet. Über sein Leben mit meiner Mutter schweigt er sich aus. Er tut so, als hätte es diese Zeit nie gegeben. Ich muss selbst sehen, wie ich mit dem Fotoalbum zurechtkomme.

Ich habe ein kleines Heft, in das ich aufschreibe, was für Hausaufgaben wir haben. Ich muss jeden Wochentag planen. Mein Leben bekommt einen Wochenrhythmus. Ich notiere mir meine Hausaufgaben für die nächste Woche. Ich muss lernen zu planen. Ich kann meine Hausaufgaben schon mehrere Tage im Voraus machen. Das darf ich allein entscheiden. Wenn ich die Aufgaben gemacht habe, streiche ich die Zeile aus. Ich fühle mich frei.

Einmal im Monat muss ich zur Beichte gehen. Ich habe nichts Aufregendes zu sagen, kein Vergehen zu gestehen. Bevor ich hingehe, überlege ich angestrengt. Es müsste doch etwas geben, das ich beichten kann, einen schlimmen Gedanken, eine ungehörige Handlung, eine Lüge, ein Schimpfwort. Doch mir fällt nichts ein, und je näher der Zeitpunkt rückt, desto mehr gerate ich in Panik. Ich kann mich der Beichte nicht entziehen. Ich bilde es mir zumindest ein. Ich betrete die kleine Kirche, die erst vor kurzem hinter dem Einkaufszentrum gebaut wurde. Abbé Blanc fordert mich auf hinzuknien. Ich erfinde etwas aus dem Stegreif, fange einfach an. Und ich erzähle in einem Ton, den ich gar nicht an mir kenne. Meine Stimme klingt dem Anlass entsprechend, weder zu selbstsicher noch zu demütig. Ich bin selbst überrascht, über das, was ich sage. Würdevoll gestehe ich meine Sünden. Ich bin eine verantwortungsbewusste Heranwachsende, die um Vergebung ihrer Sünden bittet und sehr genau weiß, was eine Sünde ist. Ich höre mich Missetaten schildern, die ich nie begangen habe, um deretwegen ich Gott jedoch um Verzeihung bitte. Ich höre mich unmögliche Szenarien erfinden. Ich höre mich sagen, dass ich mich geweigert habe, für meine Mutter einkaufen zu gehen, obwohl diese so müde war. Ich lüge den Abbé an. Die zweite Lüge meines Lebens kommt über meine Lippen, und genau wie bei der ersten, damals Madame Durel gegenüber, bleibt auch diese Lüge ohne Folgen. Weder schickt Gott einen Blitz auf mich herab, noch scheint der Abbé, den meine klägliche Geschichte kein bisschen beeindruckt, misstrauisch zu werden. Ich bin sprachlos über meine Lügengeschichte und verblüfft über die Leichtigkeit, mit der sie aus meinem Mund kommt. Damals, bei dem Zwischenfall mit Maryse Blachers Mutter, habe ich gelernt, einem Erwachsenen gegenüber nein zu sagen. Heute lerne ich etwas noch Schwerwiegenderes: Ich lerne, die Erwachsenen zu täuschen, ich lerne, dass es nichts nützt, nein zu sagen, ihr System abzulehnen, um ungeschoren davonzukommen. Die Erwachsenen sind stärker, man kann ihnen nicht offen die Stirn bieten. Ich lerne zu umgehen, auszuweichen, mich zu entziehen. Ich lerne, dass die Erwachsenen einem nicht unbedingt überlegen sind. Sie wissen nichts, was wir nicht längst wüssten. Sie halten uns absichtlich in Verwirrung und Unwissenheit. Unsere Lügen kommen ihnen gerade recht, stärken ihre Autorität.

Ich weiß nicht, was tun. Wenn ich mich langweile, sagt mein Vater immer: »Ich werde dir eine Beschäftigung finden, dann ist Schluss mit der Langeweile.«

Wenn ein Lehrer fehlt, haben wir die Stunde frei und dürfen das Gymnasium verlassen. Dann sind wir frei und glücklich und wissen nicht, was tun.

Ich wiederhole die Übungen vom Schwebebalken auf dem dicken Betonrohr, das vom Bauen noch hinter unserem Haus liegt. Ich versuche so anmutig wie möglich zu springen. Ich schlage ein Rad. Die Jungen vom Quartier des Allagniers sitzen auf der anderen Straßenseite auf den Stufen. Einer von ihnen, Marco, starrt mich dauernd an. Ich tue so, als würde ich es nicht merken. Ich versuche, mich voll und ganz auf meine Bewegungen zu konzentrieren. Auf einmal brüllt Marco: »Oh oh, mein Liebling!« und rennt mit seiner Bande weg. Als ich den Kopf hebe, sehe ich meinen Vater auf dem Parkplatz ganz in der Nähe an seinem Auto herumbasteln. Zum Glück steht er über den Motorraum gebeugt. Mein Herz zieht sich zusammen. Hoffentlich hat er nichts gehört oder gesehen.

Give me a ball! Give me the book! Open the door! Take the ball! Helena lässt die Schallplatte noch einmal laufen. Diesmal ist Sandra mit Nachsprechen an der Reihe. *Take a book! Open the window!* Wir sitzen im Wohnzimmer. Helenas Bruder schlurft alle fünf Minuten vorbei und ist sauer, weil er nicht fernsehen kann.

»So spät kommst du nach Hause?«, sagt mein Vater. »Mit was für Jungs hast du dich da unten herumgetrieben?« Ich bin mit Solange nach Hause gegangen. Aber sie braucht immer schrecklich lang, bis sie geduscht und sich umgezogen hat. Und wenn Solange dabei ist, kommt einem garantiert kein Junge zu nahe.

Traurige Schlager mag ich am liebsten, besonders die von Gérard Lenorman. Bei der Hochzeit meiner Cousine stelle ich mich auf den Tisch und singe *Les Matins d'hiver.* Alle klatschen Beifall, und ich geniere mich kein bisschen, was mich selbst wundert. Nur meine Schwester macht eine fiese Bemerkung. Nicht über meine Stimme – ich weiß, dass ich immer falsch singe – sondern über das lange Kleid, das mir eine Cousine ausgeliehen hat. Meine Schwester sagt, dass das Kleid nicht zu meinem Alter passt, vor allem der tiefe Ausschnitt, wie sie noch hinzufügt.

Im Französischunterricht sollen wir uns vorstellen, wie es im Jahr zweitausend sein wird. So heißt unser Aufsatzthema. Ich rechne kurz nach. Im Jahr zweitausend werde ich vierzig Jahre alt sein. Das kann ich mir nicht vorstellen. Es ist absurd, mir vorzustellen vierzig zu sein, schlichtweg unmöglich. Deshalb schreibe ich in meinem Aufsatz, dass das Jahr zweitausend nie kommen wird.

Ich halte den Platz vor mir für Alain frei. Doch er übersieht es. Ich weiß nicht, ob er mich nicht mag oder aber schüchtern ist. Helena vermutet das Zweite. In der Geschichtsstunde lasse ich Alain einen Zettel zukommen. Er antwortet auf einem zweimal gefalteten Ringbuchblatt, dass ich ihm zu hässlich sei.

Helena leiht mir ihren karierten Rock aus. Es ist ein Kilt mit einer großen Sicherheitsnadel vorne. Ich leihe ihr dafür den grünen Wickelrock, den mir die Frau gekauft hat, die nicht meine Mutter ist. In dem kleinen Kabuff, in dem die Mülleimer stehen, ziehe ich Helenas Kilt an. Den grünen Rock rolle ich zusammen, stecke ihn in meinen Schulranzen und gehe so ins Gymnasium.

Ich wüsste zu gern ein gutes Mittel, um die Härchen an meinen Beinen zu entfernen. Ich versuche es mit einer Schere und schneide sie so kurz es geht. Hinterher sehen sie schon besser aus, zumindest von weitem.

Ich lese in einer Zeitschrift, dass man sich die Haare mit Wasserstoffperoxid heller färben kann. Ich schließe mich damit in mein Zimmer ein, durchtränke einen Wattebausch und trage es auf eine Haarsträhne auf. Die Farbe verändert sich kein bisschen. Ich wiederhole die Anwendung. Nichts. Ich nehme mir eine andere Strähne vor. Ich versuche es mit sehr viel mehr Wasserstoffperoxid. Wieder kein Erfolg. Vielleicht bin ich zu dunkel. Schließlich tunke ich die Haarsträhne direkt in die Flasche. Die Haarspitzen erblonden. Ein Wunder! Ich kann blond werden, wenn ich es will. Ich kann weder meine Augenfarbe verändern noch meine Nase, die mir nicht gefällt, aber ich kann blond werden. Immerhin etwas.

Ich werde ausgewählt und darf an den Rhône-Meisterschaften im Kunstturnen teilnehmen. Marie-Laure und Solange ebenfalls. Nach den Wettkämpfen in Fontaines-sur-Saône nehmen wir an einem Umzug teil. Wir gehen in dichten Reihen hinter einer Blaskapelle her. Wir tragen weiße Faltenröckchen, blaue Trikots, auf die vorne in Brusthöhe unser Vereinswappen aufgenäht ist. Wir gehen im Gleichschritt und behindern den Straßenverkehr.

Dominique Ceronetti wird von einem Auto überfahren, als er Brot kaufen geht. Im Treppenhaus wird gemunkelt, dass sein Gehirn über die ganze Straße verspritzt war. Vor den Briefkästen wird gesagt, dass man seine Mutter bis zum *Casino* schreien hörte. Sie verstehen nicht, wie das passieren konnte. Niemand versteht es. Seine Mutter war auf dem Balkon und hatte ihm gerade einen Franc zwanzig gegeben, mit denen er zwei Baguettes kaufen sollte. Angeblich hat sich der Unfall direkt vor den Augen seiner Mutter zugetragen. Im Treppenhaus höre ich, dass die Feuerwehr sofort zur Stelle war. Vor den Briefkästen wird bestätigt, dass sich die

Feuerwehrleute absolut vorbildlich verhalten haben. Dominique hat im ersten Stock des Hauses gewohnt, in dem auch Helena wohnt.

Unsere Lehrer machen uns klar, dass wir nicht mehr in der Volksschule sind. Wir müssen ab jetzt selbstständig sein. Wir können nur noch auf uns selbst zählen. In den Pausen bleiben wir Fünftklässler zusammen und wagen uns nicht zu den Größeren. Aus der Ferne beobachten wir, wie sie sich bewegen, wie sie gehen, was sie anhaben. Wir hoffen, dass wir auch bald so wie sie sein werden, in der Menge untergehen, mit der Umgebung verschmelzen. Wir hoffen, selbstsicher und offen zu werden.

Helena fährt in den Ferien nach Sizilien. Als sie zurückkommt, ist sie unglaublich braun. Sie jammert, sie hätte zugenommen. Ich lasse ihr keine Ruhe, bis sie ihren Rock hochhebt. Es stimmt, sie hat zugenommen, aber ich sage ihr, dass man es nicht sieht. Sie fragt mich, ob ich mir ganz sicher bin, und ich bestätige: »Man sieht es absolut nicht.«

Vor dem *Casino* findet eine Spendenaktion für Milchpulver für Biafra statt.

Um ihre überflüssigen Kilos loszuwerden, zieht Helena ihren K-Way an und läuft in der Wohnung auf der Stelle. Aus Sympathie mache ich mit, obwohl ich keinen K-Way habe. Damit sie schneller abnimmt, schlage ich vor, die acht Stockwerke hinaufzurennen. Wir fahren mit dem Aufzug nach unten und rennen zu Fuß wieder hinauf und konzentrieren uns dabei auf unseren Atem. Oben angekommen lassen wir uns vor Erschöpfung im Wohnzimmer auf den Teppichboden fallen. Unsere Gesichter sind feuerrot. Ihr Bruder kommt herein und steigt über uns hinweg. Er legt eine Schallplatte mit Marschmusik auf und schaut uns naserümpfend an.

Ich würde gern aussehen wie die Sängerin der Gruppe *Il était une fois*. Ich mache mir einen Stufenschnitt. Hinterher traue ich mich nicht mehr aus meinem Zimmer. Als ich am Abend den Tisch decke, ziehe ich den Kopf ein und verstecke meine Augen hinter den Haaren. Kaum sitze ich der Frau gegenüber, die nicht meine Mutter ist, geht es los. Vor aller Welt, vor meinem Vater, meiner Schwester und meinem Halbbruder sagt sie: »Habt ihr Nadias neuen Haarschnitt gesehen?« Sie sagt es in einem Ton, als wäre es etwas ganz Scheußliches. Sie sagt weiter: »Habt ihr *das* gesehen? Was ist nur in sie gefahren?« Und dann fängt sie an zu lachen, als wenn ich einen guten Witz gemacht hätte. Und plötzlich passiert etwas, mit dem ich nicht gerechnet hätte. Noch ehe mein Vater oder meine Schwester reagieren könnten und das Gehacke erst richtig losgegangen wäre, fange ich an zu zittern vor der Frau, die nicht meine Mutter ist, spüre das Besteck aus meinen Händen gleiten, und noch ehe mein Vater den Mund aufmacht und ich seine Stimme höre, laufen mir Tränen über die Wangen, schwer und heiß, und fallen lautlos auf meinen Teller. Ich springe nicht auf, renne nicht türenschlagend aus dem Zimmer, ich bleibe auf meinem Stuhl sitzen, mit dem Rücken zum Fenster, ich bleibe an diesem Tisch sitzen, mit dem Kühlschrank und dem Herd zu meiner Linken, und mir gegenüber sitzt die Frau, die ich niemals lieben konnte.

Vor dem Schlafengehen sage ich das *Vaterunser* und das *Gegrüßet seist du, Maria* auf. Ich weiß nicht, ob ich an Gott glaube, aber ich bete trotzdem. »Das schadet nie«, sagt die Frau, die nicht meine Mutter ist. Ich weiß nicht, ob man in einem Gebet um etwas bitten darf. Ich weiß nicht, ob allein schon die Tatsache, dass man ein Gebet spricht, dafür sorgt, dass Wünsche in Erfüllung gehen oder ob man einen speziellen Spruch hinzufügen muss.

Ich bin die Einzige, die Angst vor dem Sprung über das Pferd hat. Marie-Laure ist die Beste. Solange ist etwas pummelig, federt auf dem Sprungbrett aber erstaunlich gut ab. Ich nehme Anlauf, bleibe vor dem Gerät jedoch abrupt stehen. Etwas hindert mich am Springen. Das ist mir noch nie passiert und ich begreife es nicht. Ich berechne noch einmal, wie viele Schritte ich machen muss, damit mein Anlauf stimmt. Ich bitte Madame Verdi, sich zwischen Sprungbrett und Pferd zu stellen. Wir lernen den Handstützüberschlag. Vor dem Anlaufnehmen muss ich mir die Handflächen ablecken, damit ich einen besseren Halt habe. Dieses Anfeuchten wird zu einem Tick, den ich mir nicht erklären kann. Ich konzentriere mich und isoliere mich von der Welt, ehe ich loslaufe. Ich lecke mir die Hände, tripple auf der Stelle, lecke mir die Hände, tripple auf der Stelle, lecke mir die Hände, tripple auf der Stelle. Ich wische mir die Hände am Trainingsanzug ab. Ich lecke mir die Hände, wische sie am Trainingsanzug ab. Madame Verdi wartet darauf, dass ich losrenne.

Alle warten darauf. Ich bin blockiert. Ich weiß nicht, woher diese Angst kommt. Ich bin doch immer gesprungen. Seit ich acht Jahre alt war. Und plötzlich geht es nicht mehr. Was bisher möglich war, ist es nicht mehr. Ich winke ab, zum Zeichen, dass ich aufgebe. Ich schaffe es nicht, mich zu konzentrieren und das nötige Selbstvertrauen aufzubringen, um das Hindernis zu überspringen. Ich gehe in mich und entdecke ein anderes Wesen in mir, das nicht bereit ist, über das Pferd zu springen.

Ich weiß sehr genau, wie ich gern wäre. Ich zeichne mich. Ich fange so lange wieder von vorne an, bis ich mit dem Bild zufrieden bin. Ich skizziere, radiere aus, versuche es erneut. Das Mädchen trägt einen Matrosenpulli, enge Jeans und Clogs. Sie ist dünn, hat einen herzförmigen Mund und Mandelaugen mit langen Wimpern. Und lange, glatte Haare.

Alain weigert sich auch weiterhin, sich in der Schule vor mich zu setzen. Er verkündet lauthals, damit ich es ja mitbekomme, dass er in Marie-Laure verliebt sei.

Ich mag das harte Licht im Badezimmer nicht. Ich mag den Spiegel am Arzneischränkchen nicht, der meine Gesichtszüge, wie ich glaube, verzerrt. Ich mag die Pickel nicht, die von einem Tag auf den anderen auf meinen Nasenflügeln sprießen. Ich will nicht, dass die Frau, die nicht meine Mutter ist, einen Kommentar dazu abgibt.

Mittags esse ich bei Helena. In der darauffolgenden Woche isst Helena bei mir. Wir sind allein, unsere Eltern arbeiten. Wir öffnen den Kühlschrank und wärmen die Mahlzeit auf, die für uns bereitgestellt wurde. Wenn wir das Fleisch nicht essen wollen, verfüttern wir es an Helenas Hund. Nach dem Essen schauen wir fern und machen dabei Bauchmuskeltraining.

Unser Physiklehrer ist nicht da. Der Unterricht fällt aus. Wir haben einen ganzen Nachmittag, den wir verplempern können, Helena und ich. Wir verlassen das Gymnasium, nachdem wir unsere Ausgeherlaubnis vorgezeigt haben. Wir haben ein schlechtes Gewissen, als wir an dem Sprechgitter vorbeigehen. Wir schlendern durch die Straßen einer Stadt, die wie ausgestorben wirkt. Wir haben frei, wissen aber nicht, was wir mit der freien Zeit anfangen könnten. Schweigend gehen wir nebeneinander her. Die Gitter vom *Casino* sind noch heruntergelassen. Niemand steht an der Bushaltestelle.

Wir gehen in Helenas Wohnung hinauf und machen den Kühlschrank auf. Wir suchen im Wandschrank nach Kuchen. Da kommen wir auf die Idee, Crêpes zu backen. Milch und Eier sind im Kühlschrank. Der Teig ist voller Klümpchen. Helena schlägt vor, ihn in den Mixer zu schütten. Danach haben wir einen wunderbaren Teig. Wir haben aber nicht die Geduld, ihn eine Stunde ruhen zu lassen, wie es im Rezept steht, sondern fangen sofort mit dem Backen an. Helenas Hund wird von unserem Lärm angelockt, und wir müssen ihn aus der Küche jagen. Wir setzen uns an den Tisch, einander gegenüber, und fangen an zu essen: Crêpes mit Zucker, mit Marmelade, mit Nutella. Wir rollen unsere Crêpes zusammen und essen, obwohl wir eigentlich keinen Hunger haben. Wir haben einen ganzen freien Nachmittag vor uns und einen Berg von Crêpes. Wir essen im gleichen Tempo. Ein Crêpe nach dem anderen. Uns fällt nichts ein, was wir machen könnten, außer den ganzen Berg Crêpes aufzuessen. Wir kommen auch nicht auf die Idee, aufzuhören oder eine Pause einzulegen. Wir essen, als bliebe uns keine andere Möglichkeit. Ohne Appetit füllen wir unseren Bauch. Wir sitzen uns gegenüber, und es ist, als säßen wir vor einem Spiegel. Wir wissen nichts von der Leere, die wir auszufüllen versuchen. Wir füllen die Angst vor der Zeit aus, die nicht vergehen will. Wir stopfen uns so lange voll, bis uns der Bauch wehtut. Wir betonieren uns zu, dichten uns ab, ohne uns dessen bewusst zu sein. Wir hindern die Leere daran, uns zu ersticken. Wir stopfen uns mit Crêpes voll, die wir bis zum Allerletzten aufessen. Wir kommen nicht auf die Idee, einen für Helenas Bruder und ihre Schwester aufzuheben. Das kommt uns nicht einmal in den Sinn. Wir müssen alles an Ort und Stelle vertilgen. Später liegen wir im Flur auf dem Boden. Wir können nur noch jammern. Wir bereuen, dass wir uns den Nachmittag verdorben haben. Eigentlich von der ersten Sekunde an. Wir konnten das Unabwendbare nicht abwenden. Wir sind Opfer einer Macht, die stärker war als wir. Wir sind willfährige Opfer. Wir nehmen uns vor, so etwas nie wieder zu tun, wissen aber, dass etwas in den Tiefen unseres Bauches jederzeit wieder aufschreien könnte. Wir fürchten uns vor diesem Schrei, vor diesem zerstörerischen Appell. Wir geloben mit der Schwäche von Besiegten, das nächste Mal zu widerstehen.

Während einer Mahlzeit steht die Frau, die nicht meine Mutter ist, auf, um die tropfende Wasserspülung abzustellen. »Das dürfte doch nicht allzu schwer sein«, sagt mein Vater, »man muss die Taste nur vorsichtig hinunterdrücken und anschließend wieder hochziehen.«

Im Treppenhaus höre ich, dass die Leute aus dem dritten Stock anders sind als wir. Man wird nicht schlau aus ihnen. Ein ständiges Ein und Aus, Rauf und Runter. Angeblich sollen es mehrere Familien sein. Die Leute aus dem dritten Stock haben einen weiteren Namen an ihrem Briefkasten angebracht. Das bestätigt ja, dass es ein ständiges Aus und Ein ist. Cousins, Brüder und Schwestern. Man bekommt zu hören, dass diese Algerier vom dritten Stock es wirklich übertreiben. Unser Haus ist doch kein Basar!

Mum, can I go out? No, Sandra, you can't! Can I phone a friend? Ich halte die Schallplatte an und wiederhole: *Can I phone a friend?* Sandra gibt mir die Antwort: »*Yes, you can.*« Helena raucht eine Zigarette, die sie aus der Handtasche ihrer Mutter stibitzt hat. Wir machen das große Fenster sperrangelweit auf, um den Gestank zu vertreiben. Ein eisiger Wind fegt herein. Sandra sagt, dass sie unter diesen Bedingungen nicht lernen kann. Helena geht mit ihrer Zigarette wie ein Vamp auf und ab. Ich lache, mache ihren Gang nach und sage dazu affektiert: »*Can I phone a friend?*« Sandra stört es, dass Helena und ich uns so gut verstehen. Sie sagt, wir benehmen uns wie kleine Nutten.

Mit dem Kassettenrekorder meines Vaters nehme ich die Hitparade auf. Patrick Juvet ist die Nummer eins. Angeblich soll er in der Schweiz wohnen. Ich singe *Au même endroit à la même heure* und betrachte mich dabei in dem großen Spiegel im Flur. Manchmal bin ich fröhlich und weiß gar nicht, warum.

Das Datum meiner Erstkommunion fällt mit dem der französischen Turnmeisterschaften zusammen. Meine Eltern sind in einer fürchterlichen Zwickmühle. Mein Vater sagt, er hätte keine Meinung dazu. »Wir kümmern uns doch sonst auch nicht groß um Gott«, fügt er noch hinzu. Die Frau hingegen, die nicht meine Mutter ist, findet, dass man die Erstkommunion nicht ausfallen lassen kann. Mich fragt keiner nach meiner Meinung. Andere reden an meiner Stelle. Mein Fall existiert plötzlich, ich jedoch nicht. Mein Fall ist Anlass zu großer Sorge. In meinem Abendgebet sage ich Gott, er soll meine Eltern dazu bringen, sich für die Meisterschaften zu entscheiden. »Vater unser, der du bist im Himmel, ich kann mir einfach nicht vorstellen, dass mein Verein ohne mich hingeht.« Und: »Gegrüßet seist du, Maria, voll der Gnaden, ich bin mir sicher, dass du nicht böse sein wirst, wenn ich an diesem Tag nicht feierlich zum Altar schreite, sondern auf dem Schwebebalken turne, in meinem viel zu engen Trikot, das mir immer in die Poritze rutscht.«

In meinem Zimmer steht ein Schreibtisch mit zwei Schubladen. Offiziell ist es auch der Schreibtisch meiner Schwester. Sie legt ihre Sachen in die obere Schublade.

Wir streiten uns darum, wer sich an den Schreibtisch setzen darf. Wenn meine Schwester nicht da ist, kann ich es kaum erwarten, bis sie wiederkommt. Wenn sie da ist, belegt sie meinen Platz.

Ich fahre zusammen mit meinem Halbbruder in die Ferienkolonie in Saint-Laurent-du-Pont. Ich spiele mit den Jungen Fußball. Ich kenne alle Regeln. Eckball, Abseits, Freistoß. Ich schieße ein Kopfballtor und bin die Heldin des Tages. Ich kenne alle Fußballmannschaften Europas, Bayern München, Ajax Amsterdam, ich kenne Cruijff und Beckenbauer. An einem Abend, an dem wir eine Modenschau machen, präsentiere ich mich als Fußballerin auf dem Laufsteg. Ich will nicht wie die anderen Mädchen sein, mit schlaffen Beinen und Bauchschmerzen. Dass ich ein Mädchen bin, soll mich an nichts hindern. Lieber bin ich ein halber Junge.

Meine Ringbücher sind perfekt geführt. Ich loche gern Blätter und klebe Lochverstärkungsringe darauf. Für jedes Fach gibt es etwas zu basteln. Jeder Lehrer stellt andere Ansprüche, hat eigene Vorlieben. Die Überschriften rot schreiben. Mit blauer Tinte schreiben. Mit dem Lineal unterstreichen. Einrahmen. Absätze machen. Eine Zeile freilassen. Eins und Zwei klein schreiben, A und B groß. Manche Lehrer verteilen Matrizen. Diese müssen angeklebt werden, dürfen auf keinen Fall geheftet werden. Heftklammern sind absolut verboten. Die Blätter müssen vertikal zusammengeklebt werden, dürfen auf keinen Fall gefaltet werden. Um Himmels willen, ja keine Matrizen falten! Auf gar keinen Fall mit Kuli schreiben! Jede Lehrerin und jeder Lehrer haben ihre Ticks, ihre Manien. Jeder glaubt, seine Methode sei die beste. Und jeder hat recht.

Der Musiklehrer will eine Sammelbestellung für Blockflöten aufgeben. Falls eine Familie sich keine leisten kann, soll sie mit dem Lehrer sprechen. Es ist keine Schande, sich keine Blockflöte leisten zu können. Eine weiße kostet so viel wie zwei schwarze. Wir singen einen Kanon. Alain hat die schönste Stimme von uns allen.

Mein Stundenplan hängt über meinem Schreibtisch. Wie mein Leben verläuft, kann ich also an der Wand meines Zimmers ablesen. Im Dunkel der Nacht ist das weiße Blatt ein heller Fleck, der von den vorbeifahrenden Autos angestrahlt wird.

Meine Schwester hat keinen festen Stundenplan. Morgens hofft sie, bis zum Abend durchzuhalten, und abends bis zum Morgen.

In Saint-Laurent-du-Pont gehen wir an der abgebrannten Diskothek vorbei. Man kann nicht mehr viel davon sehen. Nur ein paar verkohlte, umgestürzte Balken. Glasscherben. Ein Stück geschwärzte Mauer. Ich fühle nichts. Ich versuche mich zu konzentrieren, um so etwas wie Trauer zu spüren. Ich bemühe mich, ein paar Tränen zu vergießen, doch bei dem Gedanken, dass es Hunderte von Opfern gab, regt sich nichts in mir. Während es manchmal schon reicht, dass ich auf der Straße eine Frau mit einem Kind an der Hand sehe, um von einer unsagbaren Verzweiflung gepackt zu werden.

Der Büstenhalter meiner Schwester passt mir haargenau. Die Träger drücken fast ein bisschen und meine Brüste füllen die Körbchen ganz aus. Ich lasse den BH den ganzen Tag über an. Ich habe aber Angst, dass jemand es bemerken könnte. Ich befürchte jeden Moment, dass Helena oder die Frau, die nicht meine Mutter ist, bemerken könnten, dass unter meinem Pulli etwas nicht stimmt.

Meine Eltern beschweren sich, dass sie den Nachbarn von unten nachts schnarchen hören. Dieser Nachbar macht uns Angst. Er hat ein steifes Bein. Das ist die Folge eines Arbeitsunfalls, wie man im Treppenhaus erfährt. Ein Zug soll ihm das Bein abgerissen haben. Sein steifes Bein soll aus Holz sein, wird vor den Briefkästen getuschelt.

Morgen, bei Tagesanbruch, zur Stunde,
Wenn sich die Landschaft erhellt,
Werde ich aufbrechen. Ich weiß sehr wohl,
Dass du mich längst erwartest.
Ich gehe durch Wälder, über Stock und Stein.
Denn ich kann nicht länger fern von dir sein.
Victor Hugo

Mein Vater streikt. Er spricht von Gewerkschaften. Er streikt, geht aber trotzdem zur Arbeit. Die Frau, die nicht meine Mutter ist, spricht von Werksbesetzung. Während des Abendessens sagt mein Vater Dinge, die ich nicht verstehe. Ich weiß nur, dass etwas Ungewöhnliches vor sich geht. Mein Vater wendet sich schließlich an meinen Halbbruder und mich und sagt, fast vorwurfsvoll: »Es muss nicht alle Welt wissen, dass ich streike. Erzählt also nichts davon in der Schule.«

Claude François singt mit seinen Claudettes. Sein Anzug glitzert, und seine Haartolle bewegt sich im Takt mit. Die Mädchen sind größer als er. Die einen sind blond, die anderen dunkelhaarig. Es lohnt sich, den Fernseher anzumachen, wenn sie auftreten. Das ist immer lustig.

Mein Vater und die Frau, die nicht meine Mutter ist, streiten sich wegen der französischen Turnmeisterschaften. Keiner von beiden will zu Abbé Blanc gehen, um ihn zu fragen, ob ich hinfahren darf. »Ich lass mir doch von einem Pfaffen nicht sagen, was wir zu tun haben«, sagt mein Vater. Das Glück, ausgewählt worden zu sein, wächst sich zu einem so großen Problem aus, dass die ganze Freude, die ich anfänglich verspürt habe, erlischt.

Ich beschreibe meine Blätter mit dem Füllfederhalter. Meine Schrift festigt sich. Ich male kleine Kringel auf die i. Wenn ich einen Fehler mache, ist es nicht schlimm, ich habe ja meinen Tintenkiller. Damit fahre ich darüber, und zack – weg ist alles! Ich liebe diesen kleinen Trick. Der Tintenkiller wird mein unverzichtbarer Verbündeter. Ich kann mir gar nicht mehr vorstellen, ohne ihn zu leben.

Geodreieck. Winkelmesser. Radiergummi. Zeichenmappe. Vierfarbenkugelschreiber. Bleistiftspitzer mit Gehäuse. Zirkel. Ein Lineal von zwanzig Zentimetern Länge. Schutzumschläge für die Hefte. Pauspapier. Millimeterpapier. Temperafarben.

Taschenrechner sind verboten.

Die Frau, die nicht meine Mutter ist, zieht über Beamte her. Das mag mein Vater nicht. Die Frau, die nicht meine Mutter ist, arbeitet im privatwirtschaftlichen Sektor. Sie hat weniger Vorteile als mein Vater. In der Apotheke, in der sie ihre Tage verbringt, trägt sie einen weißen Kittel, auf dem ihr Name steht. Sie kennt alle Medikamente, alle Vitamine, alle Schönheitscremes.

Ich drücke auf den Knopf von Helenas Sprechanlage. Ich fahre in den achten Stock hinauf. Ich drücke auf die Klingel neben der Wohnungstür. Die Tür geht einen Spalt weit auf. Ich bleibe auf dem Fußabtreter stehen. Im Inneren höre ich Helenas Mutter schreien. Niemand kommt heraus. Ich warte vor der Tür, bereue, dass ich überhaupt gekommen bin. Das Licht im Gang geht aus, ich mache es nicht mehr an. Die Minuten vergehen, und ich habe Angst, zu spät zu kommen. Ich wage nicht, ein zweites Mal zu klingeln. Ich halte die Luft an. Ich frage mich, was Helena wohl gerade macht. Endlich geht die Tür ganz auf, und ihr Vater kommt heraus und verschwindet im Aufzug. Der Geruch seines Rasierwassers wirft einen fast um.

Karl Martell hat die Araber im Jahre 732 bei Poitiers besiegt. Sein Sohn, Pippin der Kleine, lässt sich zum König ausrufen und begründet die Dynastie der Karolinger.

Meine Großmutter erwartet uns. Sie macht Kaffee heiß und schaltet den Fernseher ein. Mein Vater schaut Formel 1. Die Toilette ist auf dem Gang. Ich muss meinen Halbbruder dorthin bringen. Die Frau, die nicht meine Mutter ist, holt ihr Strickzeug aus der Plastiktüte. Sie unterhält sich mit meiner Großmutter über Armlöcher und Zopfmuster.

Meine andere Großmutter ist in Algerien. Ich kenne sie nicht.

Die Frau, die nicht meine Mutter ist, wickelt Wolle um meine Handgelenke. Sie zieht einen Pullover auf. Aus dem Pullover meines Vaters will sie einen für meinen Halbbruder stricken und einen Schal für meine Schwester und mich. Ich strecke die Unterarme vor und versuche, mit ihren Bewegungen mitzugehen. Die Wolle ist völlig kraus. Sie kitzelt ein bisschen an meinen Handgelenken. Wir beide bilden eine etwas instabile Auftrenn- und Aufwickelmaschine, doch das kann man nicht sehen.

Ich träume oft den Traum, so nah und sonderbar
Dass eine fremde Frau mich liebt, so wie ich sie.
Die jedes Mal nicht ganz dieselbe ist, und die
Doch stets sie selber bleibt und mich versteht sogar.
Paul Verlaine

Meine Haare sind zu schwarz, meine Augen zu dunkel. Helena schlägt vor, ich solle helle Kleidung tragen. Sie dagegen ist zu blond, ihre Haut ist zu hell. Sie mag ihre Beine und ihre Nase nicht.

Bei Helena steht eine Waage im Badezimmer. Wenn wir allein sind, wiegen wir uns nacheinander. Helena will sich nie als Erste wiegen. Unser Gewicht ist die Sensation des Tages. Wir ziehen immer ein Kilo ab, wegen unserer Kleidung. Es ist ein Drama, wenn eine von uns zugenommen hat. Dann essen wir nichts zu Mittag. Aber am nächsten Tag stürzen wir uns wieder auf Brot und Marmelade.

Bei den französischen Turnmeisterschaften schneide ich am Schwebebalken hervorragend ab. Ich bin eine der wenigen meines Vereins, die nicht herunterfallen. Madame Verdi drückt mich kurz an sich. Am Abend, in dem Hotel in Lille, üben Marie-Laure, Solange und ich noch auf dem dicken Teppichboden im Gang. *Flickflack, Salto vorwärts, Handstandüberschlag* … Es ist das erste Mal, dass ich in einem Hotel schlafe. Der Holzfußboden unter der Auslegeware knarrt. Er ist ideal zum Abfedern. Als der Hoteldirektor kommt, verschwinden wir in unseren Zimmern. Er schimpft mit uns. »Wo glaubt ihr, dass ihr seid?« Er will unsere Trainerin sprechen. Wir haben keine Angst, wir sind zusammen, wir bilden eine Mannschaft. Wir fühlen uns solidarisch.

Bei einem Dreieck entspricht die Summe der drei Winkel immer hundertachtzig Grad.

Alain wohnt im gleichen Gebäude wie Helena, aber er geht nie zur selben Zeit ins Gymnasium wie wir. Er ist immer noch in Marie-Laure verliebt und begleitet sie mit dem Rad zum Turnverein. Wenn er bleibt und uns zuschaut, ist Marie-Laure viel wagemutiger, stürzt öfter als sonst und krümmt sich vor Schmerzen auf dem Boden. Manchmal dauert es mehrere Minuten, bis sie wieder aufsteht. Ich stürze nicht, ich strenge mich an, konzentriere mich. Ich schaue oft in Alains Richtung, aber er nie in meine.

Helena hat in einer Zeitschrift gelesen, dass das Idealgewicht etwas mit der Körpergröße zu tun hat, von der man zuerst einen Meter und dann noch zehn Zentimeter abziehen muss. Beispiel: Wer ein Meter sechzig groß ist, darf fünfzig Kilo wiegen.

Meine Schwester soll bald nach Hause kommen. Die Frau, die nicht meine Mutter ist, sagt, ich soll unser Zimmer aufräumen. Ich leere den Papierkorb, stelle alle meine elf Puppen in einer Ecke zusammen. Meine Schwester hat keine Puppe. Zum Geburtstag hat sie mal eine Babypuppe bekommen. Die hat sie zuerst komplett angekleidet auf ihr Bett und später oben auf den Schrank gelegt. Die Windel der Babypuppe liegt in ihrer Schublade und nimmt fast den ganzen Platz weg. Meine Schwester hat nichts mehr auf ihrem Bett liegen, keine Babypuppe und kein Plüschtier.

Zur Belohnung dafür, dass wir bei den französischen Meisterschaften so gut abgeschnitten haben, besichtigen wir mit Madame Verdi auf der Rückfahrt von Lille Paris. Wir fahren auf die erste Aussichtsplattform des Eiffelturms.

Während der Ferien gießen wir die Pflanzen von Madame Lestrade: einen Gummibaum, einen Philodendron, einen Papyrus, Wasserranken und einen Efeu, der durch das ganze Zimmer wächst. Die Frau, die nicht meine Mutter ist, ist voller Bewunderung. Madame Lestrade schenkt ihr einen Ableger ihres Papyrus und rät ihr, einen Topf mit Wasserreservoir zu verwenden.

Im Treppenhaus ist von Ausschreitungen die Rede. Ich kenne dieses Wort nicht, bekomme aber mit, dass es einem Angst macht. Vor den Briefkästen wird getuschelt, dass es nachts passiert ist. Niemand erwähnt, was genau es war. Ich vermute, dass es etwas Schlimmes war. Ich beginne zu ahnen, dass es bei diesem Wort um etwas Neues geht. Es geht um Algerier auf der einen Seite und Ausschreitungen auf der anderen. Ich begreife, dass es zwei Lager gibt. Und Schweigen. Ausschreitungen und Schweigen. Ich spüre so etwas wie Verlegenheit. Und Scham. Ich weiß, dass zu Hause niemand darüber sprechen wird. Ich halte mich lange im Treppenhaus auf, um alles zu hören, was es zu hören gibt. Aber es wird nichts gesagt. Ich bleibe allein mit diesem neuen Wort, der betretenen Unruhe und dem Mantel des Schweigens, der darum gehüllt wird.

Am fünfzehnten April wird die Heizung abgestellt. Danach müssen wir beim Fernsehen manchmal einen Pullover mehr anziehen.

Die Musik von Chopin hüllt mich ein, wenn ich meine Bodenkür wiederhole. Ich mag die abrupten Beschleunigungen, die wunderbar zu den akrobatischen Diagonalen passen – *Radwende, Flickflack, Salto* – dann die Sanftheit und die wiedergefundene Harmonie, zu der ich eine Choreografie einübe, die Madame Verdi für mich zusammengestellt hat. Ich breite die Arme aus und halte den Kopf hoch. Ich drücke die Schultern durch, recke das Kinn, richte den Blick in die Ferne. Ich lasse mich von der Musik durchdringen. Madame klatscht mit den Händen den Takt, und ich richte mich nach ihrem Tempo. Ich konzentriere mich auf meine Schritte. Handstützüberschlag rückwärts. *Pirouette, Jeté.* Fußspitzen gestreckt. *Standwaage* mit durchgedrückter Brust. *Handstand mit Abrollen auf dem Boden.* Langsam, mit der Musik mitgehen. Dann die letzte Anspannung. Letzte Diagonale, sehr riskant. Madame Verdi steht bereit. Ich springe los und es geht. Ich habe mich in der Luft richtig positioniert. Meinen Körper im Raum kontrolliert. Habe mich im richtigen Moment zusammengezogen. Und wieder gestreckt. Ich lande auf dem Boden genau in dem Moment, als die Musik endet. Mein Herz klopft. Ich habe den neuen Bewegungsablauf zum ersten Mal ausgeführt. Ich habe mein Bestes gegeben. Ich bin überglücklich, aber trotzdem heule ich im Umkleideraum, dann unter der Dusche. Ich muss erst lernen, mich daran zu gewöhnen. Mir gelingt etwas, das ich mir vorgenommen habe, und ich breche in Tränen aus. Ich bleibe lange unter dem heißen Wasserstrahl stehen. Ich bin ganz anders, als alle glauben. Ich kann nicht zwischen Erschöpfung und Kummer unterscheiden. Ich bin so fügsam. Ich bin das Mädchen, das immer guter Dinge ist. Es ist so schwer, immer guter Dinge zu sein.

Ich lerne vieles über das Byzantinische Reich, die islamische Welt, das Reich der Karolinger. Über das Christentum, Edelleute und Vasallen. Ich lerne die Namen der französischen Könige, wer Christoph Kolumbus und Vasco da Gama waren.

Ich lerne vieles über Mohammed, den Koran, den Aufbau einer Moschee. Ich lerne die Worte Prophet, Medina, Hégire und Suren. Aber nichts über Algerien.

Ich muss lernen. Lernen heißt aufnehmen, zu sich nehmen. Was bislang außerhalb war, wird verinnerlicht. Ich muss die muslimische Welt mit meiner eigenen Welt mischen. In meinem Zimmer leise Worte vor mich hinsagen, bis sie in mir verankert sind. Ich muss die Welt einfangen, festhalten, erstarren lassen. Das geschieht in meinem Kopf, aber auch in meinem Körper. *Der Islam ist eine monotheistische Religion mit Allah als einzigem Gott.* Lernen bedeutet ständig wiederholen, wie ein Gebet. Davon bekommt man Bauchschmerzen. Flüstern, sich leer machen, das Leben um einen herum vergessen. *Der Islam ist eine monotheistische Religion mit Allah als einzigem Gott.* Ich konzentriere mich. Ich schließe die Augen. Ich zwinge mich, an nichts anderes zu denken als an den

Satz, den ich behalten muss. Das ist der schwierigste Moment. Den Satz so tief in sich aufzunehmen, dass er den ganzen Raum ausfüllt. Ich werde zu diesem Satz, der in meinen Bauch übergeht, dann in mein Blut. Ich visualisiere jedes Wort, halte Details fest, die mir helfen könnten. Ich klammere mich an das *H* in monotheistisch und in Allah. Dann kommt der Augenblick, in dem der Transfer stattfindet, der Satz sich wie beim Abziehbildverfahren auf mich überträgt; ich muss mich nicht mehr anstrengen, die Übertragung ist geglückt. Beim Lernen verspüre ich dieselbe Magie wie damals in der Volksschule. Ich wachse im gleichen Rhythmus, wie ich lerne. Ich dehne mich innerlich aus, doch das sieht man nicht.

Die Lehrer geben uns Methoden, mit denen wir besser lernen können. Sie sprechen von Schlüsselwörtern, Gliederung, Tricks. Bevor ich mich ans Lernen mache, erledige ich jedes Mal tausend andere Sachen. Ich esse, ich trinke, verlasse mein Zimmer, um Pipi zu machen, schaue aus dem Fenster auf die Leute, die vorbeigehen. Lernen macht mir Angst.

Kann sich mein Gedächtnis das alles merken? Oder löscht das Lernen neuer Dinge die alten Erinnerungen einfach aus?

Ich konzentriere mich nicht gern beim Lernen. Ich gehe nicht gern in mich. Ich bin nicht gern mit mir allein, unbeweglich und für alles aufnahmebereit. Ich probiere verschiedene Röcke und Blusen an. Ich hole all meine Kleidung aus dem Schrank und breite sie auf dem Bett meiner Schwester aus. Ich hole auch ihre Kleidung heraus, die Teile, die sie nicht mitgenommen hat. Ich ziehe die Sachen meiner Schwester an und betrachte mich im Spiegel im Flur. Erst wenn es höchste Zeit ist, setze ich mich an meinen Schreibtisch und schlage das erste Buch auf. Ich nehme den Kopf zwischen die Hände und lerne in dem schwarzen Loch meines Gehirns.

Zeichnet auf AB zunächst von C aus das Lot d1. Bestimmt die Mitte I von AB und fällt dort das Lot d2. Was kann man über d1 und d2 aussagen? Welche Schlussfolgerung kann man ziehen?

Wir leben in der ständigen Angst vor schriftlichen Tests. Wir können nie ganz entspannt sein. Wir wissen, dass es auch unangesagte Tests gibt. Wir lernen, auf kleinste Hinweise zu achten. Bei jedem unangesagten schriftlichen Test geht eine Welle von Solidarität durch die Klasse. Wir werfen uns komplizenhafte Blicke zu. Ich liebe diesen Moment, in dem alles möglich scheint. Danach widmet sich jeder seinem Blatt und ist auf sich allein gestellt.

Die Frau, die nicht meine Mutter ist, glaubt zuerst, dass mein Halbbruder Windpocken hat, dann Röteln. Sie sagt, er solle die Zunge herausstrecken. Danach muss er noch seinen Pulli hochheben.

Ich bin nicht die, die alle zu kennen glauben. Ich entdecke das Innen und das Außen. Im Inneren öffnet sich etwas in mir. Eine Leere, die mich aufsaugt, neutralisiert.

Ich versuche, diesen Abgrund aufzufüllen, indem ich ihn mit den Merowingern, den Eroberungen von Karl dem Großen, den Gedichten von Verlaine, unregelmäßigen Verben, demographischen Entwicklungen, afrikanischen Hungersnöten zustopfe. Ich lasse Pflanzenarten, Chlorophyll, vulkanisches Gestein, Landerosion, den Wendekreis des Krebses und des Steinbocks, Stachelhäuter und Armfüßer in mich eindringen. Ich sauge die kleinsten Details jedes Lehrstoffs in mich auf. Ich kann das Edikt von Nantes, die Fabeln von La Fontaine, die Beschreibung des Querschnitts einer Miesmuschel und die Namen der vier japanischen Inseln auswendig.

Meine Lehrer sind zufrieden. Sie ahnen nichts. Sie sagen, ich hätte ein gutes Gedächtnis.

Helena ist in Patrick verliebt. Patrick in Brigitte. Brigitte in Jean-Marc. Jean-Marc in niemanden.

Alain ist in Marie-Laure verliebt. Marie-Laure und Nadia sind in Alain verliebt. Alain, Marie-Laure, Helena, Jean-Marc, Patrick und ich machen am Mittwochnachmittag vor dem Turnen eine Radtour. Wir gehen in eine verlassene Burg, die an der Straße nach Vancia liegt. Wir lassen unsere Räder in einem Brennnesselgestrüpp liegen. Marie-Laure eröffnet Alain, dass sie ihn nicht mehr liebt (sie liebt inzwischen Jean-Marc). Alain schlägt mit der Faust an eine Glasscheibe der Burg. Sein Handgelenk blutet. Er geht zu den Rädern zurück. Marie-Laure und Jean-Marc küssen sich, nur zwei Schritte von der blutverschmierten Scheibe entfernt. Helena küsst niemanden. Patrick kommt zu mir. Aber ich mag Alain, der mich keines Blickes würdigt, lieber. Um ihn eifersüchtig zu machen, lasse ich mich von Patrick küssen. Wir stehen im Halbschatten, und mir ist etwas kalt. Deshalb schlage ich vor, dass wir draußen in der Sonne weiterküssen.

Die Begriffe, die man in der Mathematik verwendet, haben nichts mit Mathematik zu tun: *Potenzen, binomische Formeln, Tangenten, Quadratwurzeln*. Am besten gefällt mir der Ausdruck *kleinster gemeinsamer Nenner* (KGN).

Dass wir beide nicht wissen, wohin mit unseren Händen, macht das Küssen mit Patrick ziemlich kompliziert. Wir lassen die Hände herunterhängen und die Augen auf. Ich bin etwas größer als er, und es ist mir peinlich, dass er sich so ungeschickt anstellt. Ich würde lieber einen Jungen küssen, der das weiß, was ich noch nicht weiß.

Die Frau, die nicht meine Mutter ist, nimmt meine Maße, weil sie mir ein Kleid nähen will. Mein Halbbruder liegt schon im Bett. Weil die Nähmaschine so laut rattert, können wir zuerst nichts hören. Dann ein Scharren an der Tür. Als wir aufmachen, fällt mein Vater zu Boden. Ich glaube, er ist verletzt. Wir schleppen ihn ins elterliche Schlafzimmer. Die Frau, die nicht meine Mutter ist, zieht ihm die Schuhe aus, genau wie man es in Filmen sieht, und wir versuchen, ihn aufs Bett zu hieven. Sie zieht von der einen Seite und ich drücke von der anderen, doch er ist zu schwer. Ehrlich gesagt drücke ich gar nicht, ich tue gar nichts, bin wie gelähmt. Mein Vater hat Schürfwunden im Gesicht. Ich verstehe nicht, was los ist.

Ich glaube aber, dass es eine ernste Sache ist, doch die Frau, die nicht meine Mutter ist, lacht. Aber sie lacht nicht wie sonst. Ihr Lachen klingt überheblich. Mein Vater versucht sich aufzurichten. Er sieht verstört aus. Ich fühle mich unwohl, weil ich im Schlafzimmer meiner Eltern bin, ein Zimmer, in dem Kinder nichts zu suchen haben. Ich knie auf dem Bettvorleger, wie bei Abbé Blanc, wenn ich beichte. Als mein Vater mich erblickt, schlägt er sich die Hände vors Gesicht. Die Frau, die nicht meine Mutter ist, sagt, dass er nach Alkohol stinkt. Sie lacht weiter. Mein Vater versucht mitzulachen, aber eine Träne rollt an seiner Nase entlang.

Es ist ein Bild mit einer Ziege unter einem Baum. Ich sitze vor Picassos Bild und soll eine eigene Ziege malen. Ich male die Kanten etwas runder und verändere die Farben. An den kahlen Baum male ich ein paar Blätter. Ich versuche, mich mehr an die Wirklichkeit zu halten.

Als meine Schwester nach Hause zurückkommt, stellt sie ihre Reisetasche auf ihr Bett. Sie verstaut ihre Sachen nicht im Schrank. Sie zieht beide Schreibtischschubladen auf und sucht etwas. Sie bringt alles durcheinander. Sie sucht das Regal ab, als würde sie jedes Buch, jede Nippfigur neu entdecken. Sie öffnet ihr Schmuckkästchen und die Melodie ertönt. Sie inspiziert den Kleiderschrank, durchwühlt die Taschen meiner Kleidung. Sie steigt auf die unterste Sprosse der Leiter unseres Etagenbetts und hebt mein Kopfkissen hoch. Sie tut so, als würde ich gar nicht existieren, schaut mich nicht an. Ich stehe in der Nähe des Fensters, werde zu einer Verdächtigen. Sie ist nur zwei Meter von mir entfernt, doch es kommt mir wie Meilen vor. Das zurückgekehrte Mädchen richtet ein Chaos in unserem Zimmer an. Ich erkenne sie nicht wieder. Dieses Mädchen ist nicht meine Schwester, nur eine Doppelgängerin mit neuen Gesten, ausweichenden Blicken. Sie streckt sich nicht auf dem Bett aus, wie sonst, wenn sie nach Hause kommt. Sie nimmt das Zimmer nicht in Besitz. Sie macht das Fenster nicht auf, um in die Straße hinunterzuschauen. Sie tut so, als wäre sie nur auf der Durchreise. Nicht zu Hause. Sie sagt nichts. Sie stürzt nicht zum Spiegel, um ihre Frisur zu überprüfen. Sie umarmt mich nicht. Zum ersten Mal braucht sie mich nicht mehr.

Zum Geburtstag bekomme ich ein Armkettchen aus sieben Kettengliedern. Eines für jeden Wochentag. Jeder der silbernen Ringe hat ein anderes Muster. Ich trage meine neue Kette den ganzen Tag am rechten Handgelenk. Als ich mir die Zähne putze, muss ich sie jedoch ablegen, weil sie so laut klimpert, zu laut, was mir einen vorwurfsvollen Blick meiner Schwester einbringt.

Wenn mein Onkel zum Essen kommt, höre ich Wörter, die ich nicht verstehe: *Harki, Fellaga, Djebel, Geheimagent, Maghreb.*

Ein Auto überschlägt sich vor unserem Haus, direkt unter unserem Fenster, und landet auf dem Rasen. Es ist ein R8 Gordini, der aus der Kurve geflogen ist. Das Auto liegt auf dem Dach, fast genau an der Stelle, wo wir auf dem Gehsteig normalerweise Rollschuh laufen.

Alle Kinder aus der Nachbarschaft laufen zusammen. Ich bleibe auf dem Balkon und beobachte die Szene mit zitternden Knien. Es dauert ziemlich lange, bis der Fahrer aus dem Auto kriecht. Er klettert zum offenen Fenster heraus und legt sich auf den Rücken ins Gras. Es ist schönes Wetter, alles ist voller Gänseblümchen und Klee. Ich habe Angst, dass der Mann inmitten der Frühlingsdüfte sterben könnte.

Ein grüner Winkel, den ein Bach befeuchtet,
Der toll das Gras mit Silberflecken säumt,
Wohin vom stolzen Berg die Sonne leuchtet –
Ein kleiner Wasserfall von Strahlen schäumt.
Arthur Rimbaud

Die Frau, die nicht meine Mutter ist, näht einen Vorhang für unser Zimmer. Sie kauft eine Gardinenstange und sagt, dass sie noch Gardinenband braucht. Mein Vater steigt auf einen Fußschemel, um Löcher zu bohren, dann auf unseren Schreibtisch. Die Frau, die nicht meine Mutter ist, steht mit der Gardinenstange in der Hand daneben und passt auf, dass der Schreibtisch nicht zusammenbricht. Mein Vater steigt wieder herunter, ohne gebohrt zu haben: Der Bohrer taugt nichts. Der Vorhang wird nicht aufgehängt. Es war nur ein Test. Am Abend näht die Frau, die nicht meine Mutter ist, den Saum so um, dass der Vorhang genau die richtige Länge hat. Ich schiebe kleine Häkchen in die Schlitze des Gardinenbands. Morgen wird mein Vater sicher den passenden Bohrer kaufen.

Mike Brant hat sich aus dem sechsten Stockwerk gestürzt. Das erfahren wir aus dem Fernsehen, beim Abendessen. Mitten beim Essen heben wir die Köpfe und starren mit vollem Mund auf den Fernseher. Die Frau, die nicht meine Mutter ist, und mein Halbbruder drehen dem Apparat den Rücken zu, nachdem mein Vater ihn auf dem Servierwagen verschoben hat. Man sieht das Gebäude, in dem Mike Brant gelebt hat. Man sieht ihn, wie er *C'est comme ça que je t'aime* singt. Dann wird der Mann gezeigt, der sein Impresario war. Zum Andenken an Mike Brant gibt es bei uns keinen Nachtisch.

Der, die, das, den, dem, was, deren, dessen, denen, usw. Aufgabe: Unterstreicht in den folgenden Sätzen die untergeordneten Relativpronomen: 1. Meine Schwester hat ein Kleid gekauft, das ich sehr hässlich finde. 2. Das grüne Gestell ist der Ort, an dem sich die Kinder in die Haare geraten. 3. Wem gehört die Stimme, die ich manchmal in meinen Träumen höre? 4. Der Mann, den wir auf dem Gehsteig gegenüber sehen, ist Abbé Blanc. 5. Ich werde euch nicht sagen, woran ich denke. 6. Es ist einer dieser Sonntage, die äußerst anstrengend sind.

Bevor sie mit dem Unterricht anfängt, fordert uns die Französischlehrerin auf, unsere Kaugummis auszuspucken. Sie besteht darauf. Sie geht mit dem Abfallkorb durch die Reihen und wiederholt ihren Befehl. Wir behaupten, wir hätten keinen Kaugummi im Mund. Sie glaubt uns nicht und macht einen zweiten Durchgang. Je näher sie einem kommt, desto schuldiger fühlt man sich, auch wenn man nichts im Mund hat. Sie mustert uns so argwöhnisch. Wir stehen kurz davor, unsere Zunge auszuspucken.

Wenn mein Vater Morgenschicht hat, spielt er nachmittags Boule. Er spielt die *Lyoner* Version. Die darf man nicht mit dem offiziellen Boulespiel verwechseln. Beim Lyoner Boule sind die Kugeln größer und man nimmt Anlauf, bevor man sie wirft. Mein Vater ist Werfer. Das heißt, er muss versuchen, die Spielkugeln des Gegners wegzuschießen. Man sagt auch *auf Länge* spielen. Manchmal macht er bei Turnieren mit. Er hat das Osterturnier gewonnen und einen Pokal bekommen.

Ich spiele ein kleines Lied auf der Blockflöte. Es klingt aber nicht gut. Meine Schwester verlässt demonstrativ unser Zimmer. Ich fange wieder von vorne an. Die Luft strömt durch die kleinen Öffnungen, ganz wie sie will. Ich habe das Gefühl, dass ich zehn falsche Finger habe.

Wenn sich jemand beim Training verletzt, holt Madame Verdis uns das Erste-Hilfe-Kästchen. Wir massieren uns mit einer Salbe, die wir *Senf* nennen. Zuhause nennen wir diesen Senf Arnika.

Am Ende des Trimesters bekomme ich von der Lehrerkonferenz eine Belobigung. Alain auch. Diese Auszeichnung müsste uns einander näherbringen. Zumindest glaube ich das am Anfang. Eine Belobigung zu kommen, ist aber gar nicht so gut. Ich würde mich am liebsten verkriechen, als die Lehrerin sagt, ich solle das Gedicht vortragen, das ich zusammen mit Helena zum Thema Frühling gedichtet habe:

Der Frühling ist zurückgekehrt,
Die ganze Welt erwacht
Die schönen Tage sind zurück
Und die Natur, sie lacht.
Bächlein plätschern, Blumen recken das Haupt,
Flaumiges Schilfrohr schießt empor
Zarte Gänseblümchen stehen kurz davor
Von ihren kurzen Stängeln aufzuschau'n.

Seither nennt mich Alain *Kurzer Stängel.*

Die Fotos von Algerien lösen sich allmählich aus dem Album. Man muss sie beim Umblättern festhalten. Mein Vater steht in einer Uniform vor dem Eingang der Kaserne. Er hat beide Daumen in seinen breiten Gürtel gesteckt und ein Käppi auf dem Kopf. Meine Schwester sitzt in einer Wanne. Sie hat ein rundes Bäuchlein und schon schwarze, krause Haare. Ein Arm hält meine Schwester im Wasser. Es ist sicher der Arm von Mama. Auf der nächsten Seite will Mama offenbar nicht mitfotografiert werden. Ich liege nackt auf einem Lederpuff mit Schnörkeln und lutsche an meinem großen Zeh. Ich finde dieses Foto unanständig.

Palmen, Bougainvilleas, bananenförmige Hubschrauber, Häuser, von denen der Putz abfällt, Jeeps. Schwarz und weiß. Keine Erinnerung. Nichts. Eine Leere, die man nach Belieben ausfüllen kann.

Ich kann lange, komplexe Sätze bilden. Ich mache keine Kongruenzfehler, kenne die richtigen Endungen. Ich finde den richtigen Ausdruck und das Adjektiv, um den Satz abzurunden. Ich kann mit der Sprache umgehen, Ursache und Wirkung ausdrücken, Nuancen und Zweifel einflechten. Ich beherrsche die Zeitenfolge (mehr oder weniger), kann mich präzise oder vage ausdrücken. Ich erkenne, was für Möglichkeiten die Sprache bietet. Ich kann im Prinzip über jedes Wort entscheiden.

Ich kann, mit meinen eigenen Worten, eine Geschichte schreiben, die zu leben ich mir nicht ausgesucht habe.

Die Sprache gibt mir eine Waffe in die Hand, bringt mich aber auch in Gefahr. Die Sprache befreit, lockt einen aber auch in eine Falle. Die Sprache verzaubert mich, öffnet mir den Zugang zu einer Welt ohne Grenzen. Dennoch gibt es Sätze, die ich nicht zu bilden wage, Wörter, die ich nicht aneinander reihen kann.

Meine Muttersprache ist eine mir fremde Sprache.

Man gewöhnt sich richtig daran, die Claudettes im Fernsehen zu sehen. Sie sind nicht immer unbedingt im Takt, aber sie können sich alles erlauben. Man kann sich Claude François nicht mehr ohne seine Claudettes vorstellen. Eine von ihnen wird ausgetauscht, und sie sind nicht mehr wie früher. Mein Vater bemerkt es sofort. Aber sie sind ihm lieber als Mireille Mathieu, deren »Oui, je crois!« er nachsingt.

Helena bekommt ihre Hose nicht mehr zu. Sie muss sich aufs Bett legen, damit sie den Reißverschluss hochziehen kann. Und dann, beim Aufstehen, darf sie keine Luft holen.

Rundhosen sind der letzte Schrei. Ohne Bügelfalte, einfach nur rund. Ich habe eine in Tannengrün, eben erst auf dem Markt gekauft. Als mich die Verkäuferin nach meiner Hüftweite fragt, sage ich neunundsiebzig. Sie schmunzelt. Ich probiere die Hose hinter dem Verkaufswagen an, inmitten eines Bergs von Pappkartons. Die Verkäuferin reicht mir einen Spiegel, der alles verzerrt und sagt, die Größe sei genau richtig. Die Hose zwickt etwas im Schritt, aber der Schnitt gefällt mir. Morgen werde ich damit in die Schule gehen.

Mein Vater muss beim Auto einen Ölwechsel machen. Er zieht alte Sachen an und geht in den Keller, um seine Werkzeuge zu holen. Es sagt, dass es höchstens eine Stunde dauern wird. Irgendwann kommt er wieder herauf und sagt, dass es länger als eine Stunde dauert: Die Schraubenmuttern klemmen. Er hinterlässt Ölflecken an der Klinke der Wohnungstür. Dann kommt er noch einmal herauf, weil er eine große Schüssel braucht. Die Frau, die nicht meine Mutter ist, stellt demonstrativ Scheuerpulver auf die Spüle.

Mein Halbbruder sitzt stocksteif auf seinem Stuhl, so weit weg von seinem Teller wie möglich. Mein Vater, ihm gegenüber, unterstützt die Frau, die immer wieder sagt: »Probier doch wenigstens!« Er sagt dasselbe wie sie, wie ein Echo. Dann: »Mach den Mund auf!«, dann: »Kauen!« und schließlich: »Schlucken!« Fleisch kann mein Halbbruder aber nicht schlucken. Mein Vater reicht ihm ein Glas Wasser und wiederholt: »Schlucken!« Mein Halbbruder spuckt den Bissen Hackbraten schließlich auf seinen Tellerrand und schaut uns mit hängendem Kopf an, wie ein Hündchen mit einem schlechten Gewissen.

Der Verdauungsapparat besteht aus den Organen, welche der Verdauung der Nahrung dienen. Er setzt sich zusammen aus Speiseröhre, Leber, Magen, Bauchspeicheldrüse, Dünndarm und Dickdarm.

Die Frau, die nicht meine Mutter ist, will, dass wir mehr Vitamine zu uns nehmen. Sie sägt die Ampullen auf und schüttet den Inhalt in das Glas meines Halbbruders. Dann fügt sie etwas Grenadinesirup dazu und runter damit!

Mein Vater und sein Schwager sind im Zimmer meines Halbbruders und blättern den Comic *Pif poche* durch. Sie schütten sich aus vor Lachen. Roger sagt mehrmals hintereinander und sehr laut: »Auf dass meine Harke immer hackt und wir noch viele Äpfel anknabbern können.« Ich glaube, dass dieser Satz eine Doppelbedeutung hat, also etwas ist, das ich »später« verstehen werde. Ich glaube, das hängt mit den Begriffen *Harke* und *hacken* zusammen.

Unsere Erdkundelehrerin sagt zum wiederholten Mal, dass sie keine Hefte mit Spiralbindung duldet.

Ist braun sie, goldrot oder blond?
Ich weiß es nicht. Nur dass ihr Name
Süß und dunkel ist und schlicht,
Wie Namen jener, die dem Leben ferne sind.
Ihr Blick ist wie der Blick von Statuen, fremd und eigen,
Und in der Stimme, welche ruhig klingt und lind,
Hat sie den Ton von jenen Stimmen, welche schweigen.
Paul Verlaine

Ich lese dieses Gedicht in meinem Zimmer. Ich wiederhole es mechanisch, wie alle Gedichte, die ich auswendig gelernt habe, ohne ihren Sinn zu verstehen. *Wie Namen jener, die dem Leben ferne sind.* Das will mir irgendwie nicht in den Kopf. Ich kann es wiederholen, so oft ich will.

Nach jeder Schulstunde klingelt es. Der 55-Minuten-Rhythmus wird zu unserer Norm, unserem Zeitmaß. Dann folgt immer dasselbe Schema. Das Chaos der ersten fünf Minuten. Eine kurze Einstimmung auf die Sprache des neuen Lehrers. Dann das langsame Eintauchen in den Lehrstoff. Sich selbst vergessen. Mentale Durchdringung. Staunen, wenn das Verstehen greifbar wird, das Wissen einen körperlich berührt, man zittert, sich aufbäumt. Das Vergnügen zu erleben, wie sich die Welt in einen eingräbt, die eigene Substanz verändert. Die Version einer geordneten und klassifizierbaren Welt. Einer Welt, die einem in kleinen Dosen eingeträufelt wird.

Lehrfach um Lehrfach. Dank der kleinen Kästchen auf unserem Stundenplan werden wir in Schubladen groß, die uns angemessen sind.

Die Schule hält unseren Horizont in Schranken.

Helena hat mich in ihr Landhaus eingeladen. Wir fahren nach Süden. Ihr Vater sitzt am Steuer. Ihre Mutter klappt die Sonnenblende herunter und zieht sich in dem kleinen Spiegel die Lippen nach. Als wir ankommen, sind schon mehrere Leute da. Verwandte von Helena. Man stellt mich vor, als wäre ich eine kleine Sensation. Ich weiß nicht, wie man sich in einem Landhaus benimmt. Zumal es anfängt zu regnen und wir im Haus bleiben müssen. Es ist ziemlich düster, weil die Fenster so schmal sind. Wir spielen Rommé. Helenas Mutter fragt ihren Mann, ob er nicht draußen rauchen könne. Am Nachmittag gibt es Landbrot mit Marmelade, wie in der Fernsehserie *Les Fargeot* im Ersten, die ich mir manchmal anschaue. Helenas Mutter wickelt das Brot in ein Tuch. Helenas Vater will mir beibringen, wie man Schach spielt, aber ich kann mir die vielen Regeln nicht merken. Ich kann seine vielen Anweisungen nicht so schnell umsetzen. Ich bringe alles durcheinander. Ich begreife nicht, worum es bei diesem Spiel überhaupt geht, verwechsle Turm und Springer. Ich merke, dass ich versage. Helenas Vater gibt irgendwann auf. Er ist enttäuscht, ich schäme mich. Er fragt: »Aber du bist doch angeblich eine gute Schülerin.« Dann macht er das Feuer im Kamin an und wir verbringen den Rest des Tages damit, in die Flammen zu schauen.

Ich gehe meistens um zehn nach zehn Uhr schlafen, wenn der Hauptfilm im Fernsehen zu Ende ist. Sie fangen immer um zwanzig vor neun an und dauern neunzig Minuten. Ganz Frankreich muss anschließend ins Bett gehen. Wenn ich auf die Fenster des Gebäudes gegenüber schaue, sehe ich, dass die meisten Lichter nach zweiundzwanzig Uhr zehn ausgehen. Man hört die Schritte der Leute von oben. Man hört das Rauschen von Wasserspülungen. Wer seine Rollläden bis dahin nicht heruntergelassen hat, tut es jetzt, um zehn nach zehn. Im Sommer kann man durch die offenen Fenster sogar den Nachspann der Filme hören. Unsere ganze Siedlung ist wie ein einziges, riesiges Kino.

Die Leute, die nach zehn nach zehn noch wach bleiben, sind besondere Leute.

Helenas Mutter kauft im *La Vigne* und im *Le Jardin* ein. Ein Mann mit Schürze wartet unter der Tür auf seine Kundschaft. Er hat einen Bleistift hinter dem Ohr stecken. Die Frau, die nicht meine Mutter ist, sagt, dass ihr der Händler *suspekt* ist. Ich glaube zu ahnen, was das bedeutet.

Ich weiß nicht, wie ich die Pickel verstecken kann, die immer zahlreicher in meinem Gesicht sprießen. Ich durchwühle die Schubladen im Bad. Ich schraube eine Tube mit ausgetrockneter Grundierung auf und versuche, die *Unreinheiten zu überdecken*, wie auf der Gebrauchsanweisung steht. Als ich Helena abhole, schaue ich ihr nicht ins Gesicht, sondern versuche, mich neben sie zu stellen, damit sie es nicht sieht. In der Schule schaue ich auf den Boden. Ich habe den Eindruck, dass alle an mir nur die Grundierung sehen.

Der Hügel hinter unserem Haus muss abgetragen werden. Dort soll eine Volksschule gebaut werden. Mein Vater sagt, dass bald Planierraupen anrücken. Aber wir sollen uns ja nicht vorschnell freuen (das war hauptsächlich auf meinen Halbbruder gemünzt): Auf der Baustelle zu spielen, sei strikt verboten.

Die Wasserspülung ist kaputt. Mein Vater holt seinen Werkzeugkasten und macht sich an die Arbeit. Während des Essens gibt er uns neue Anweisungen, wie man die Wasserspülung betätigen muss: »Ihr müsst die Taste zuerst eine Weile gedrückt halten. Und erst dann loslassen.«

Hier einige Auszüge aus einem Buch mit dem Titel Das Verschwinden *von Georges Perec. Aufgabe: Schreibt einen Text von mindestens zehn Zeilen, in dem der Vokal e nicht vorkommen darf.*

Wenn das Wetter schön ist, singt mein Vater manchmal: »Voilà du couscous, chérie, voilà du couscous!«

Nach dem Essen spielen wir Monopoly. Mein Halbbruder kennt die Regeln nicht so richtig. Die Frau, die nicht meine Mutter ist, spielt mit ihm. Meine Schwester kauft alles, Häuser und Hotels. Mein Vater auch. Ich dagegen bin etwas vorsichtiger. Ich habe Angst vor den Reparaturen. Am liebsten mag ich die rote Avenue Henri-Martin und die hellblaue Rue de Vaugirard.

Wenn die Frau, die nicht meine Mutter ist, aus der Apotheke kommt, ist mein Vater manchmal noch beim Boule-Spielen. Sie sagt nichts, doch man spürt, wie ihre Stimmung umschlägt. Als sie anfängt, das Gemüse zu schälen, hören wir das Mofa meines Vater in den Keller fahren.

Sonntags gibt es bei uns oft ein Brathähnchen, das wir auf dem Markt gekauft haben. Die Frau, die nicht meine Mutter ist, hofft, dass Giscard D'Estaing nie auf die Idee kommt, sich bei uns zum Essen einzuladen. Im Treppenhaus reden alle von Giscard D'Estaing, der seine Füße unter den Tisch der Franzosen gestellt hat. Es wäre doch zu komisch, höre ich vor den Briefkästen tuscheln, wenn Giscard die Algerier vom dritten Stock besuchen würde, um gebratenen Hammel zu essen!

In *Salut les Copains* steht ein Artikel über Michel Polnareff. Man weiß so gut wie nichts über sein Leben. Ich frage mich, ob er eine Frau hat und wohin er in Urlaub fährt. Das Geheimnis um Michel Polnareff fasziniert mich noch mehr, als ich seine Stimme im Radio höre. *I love you because* kommt in die Hitparade. Ich finde ihn anders als die anderen Schlagersänger, für mich ist er etwas Besonderes. Mein Vater und sein Schwager Roger machen sich lustig, als eine Platte von ihm herauskommt, mit einem Hut, der in der Luft schwebt. Wieder einmal frage ich mich, ob hier etwas im Gange ist, das ich erst »später« begreifen werde.

Die Schüler in meiner Klasse heißen mit Nachnamen Sapina, Rovira, Foulquier, Garcia, Martinez, Reverzy, Lopez, Schiano, Grandin, Toledo, Candella, Blanc, Bensela, Hagège, Figari. Die Jungen haben dunkle Augen und zusammengewachsene Augenbrauen. Sie tragen Gliederarmbänder mit einer Namensplakette.

I come – I came. I buy – I bought. I give – I gave. I see – I saw. I understand – I understood. I take – I took. I break – I broke. I speak – I spoke. I get – I got.

Als zweite Fremdsprache nehmen die meisten von uns Spanisch. Nur ganz wenige entscheiden sich für Deutsch.

Rhône-Turnmeisterschaften der B-Jugend. Marie-Laure ist nicht dabei, meine Konkurrentin aus Villefranche-sur-Saône auch nicht. Als Favoritinnen gelten Delphine Ducerf aus Givors und ich. Ich bin von Anfang an besser. Doch die Musik von Chopin wartet nicht auf mich. Ich beginne meine Bodenübung mit einem Takt Verspätung. Der einfache Handstützüberschlag über das Pferd gelingt mir, und ich komme perfekt auf dem Boden auf. Ich stürze nicht vom Schwebebalken. Ich fühle mich ganz entspannt und komme bei keiner Drehung aus dem Gleichgewicht. Ein weiterer Pluspunkt sind meine Übergänge am Stufenbarren. Ich mache einen Überschlag mit Griffwechsel am oberen Holm. Es geht gut, zu meiner Verblüffung streife ich den Holm nicht einmal. Ich lasse weder zu früh noch zu spät los. Ich schwebe für den Bruchteil einer Sekunde drei Meter über dem Boden und bekomme den Holm mit einer weiten, offensichtlich kontrollierten Bewegung wieder zu fassen. Der gelungene Überschlag verleiht mir Flügel für die Schraubendrehung beim Abgang. Als meine Füße auf der Matte aufkommen, habe ich das Gefühl, alles sei möglich. Ich könnte heute Erste werden. Ich erfahre das Ergebnis, noch bevor es offiziell verkündet wird. Madame Verdi flüstert mir ins Ohr, dass ich die Siegerin des Départements Rhône bin. Ich bin vierzehn Jahre alt und darf auf das Siegespodest. Delphine Ducerf steht auf der zweiten Stufe. Ich weiß vor Verlegenheit nicht, wohin ich schauen soll, als mir der Pokal überreicht wird. Auf der Tribüne sehe ich nur unbekannte Gesichter. Dieser Tag hätte der schönste Tag meines Lebens sein können.

Neuerdings ist von einer Ölkrise die Rede. Bald haben wir kein Benzin für die Autos mehr. Die Frau, die nicht meine Mutter ist, sagt, das sei ihr egal. Sie fährt mit dem Bus zur Arbeit.

In den Nachrichten ist von einem Verbrechen in Bruay-en-Artois die Rede. Es geht um einen Notar, einen Wald und ein totes junges Mädchen. Mein Vater holt mich mehrere Wochen lang vom Turnen ab.

Bruno Sapina ist im Krankenhaus, mit Verbrennungen zweiten Grades. Das erfahren wir von unserem Klassenlehrer. Bruno hat sich den Oberkörper verbrannt, als er seinem Vater geholfen hat, den Grill auf dem Balkon anzuzünden. Allem Anschein nach haben sie Benzin verwendet.

Ich halte mir einen Schleier vors Gesicht und betrachte mich im Spiegel im Badezimmer. Nur die Augen und die Stirn sind zu sehen. Ich bin ein mediterraner Typ, daran gibt es keinen Zweifel.

Die Frau, die nicht meine Mutter ist, will den Küchentisch auf den Balkon stellen, damit wir im Freien essen können. Meine Schwester und ich versuchen, den Tisch durch die Balkontür zu tragen. Die Platte würde durchpassen, aber die schrägen Füße nicht. Wir gehen wieder ein Stück zurück und machen einen neuen Versuch. Als der Tisch endlich auf dem Balkon steht, ist für die Stühle nicht mehr genügend Platz. Wir versuchen mehrere Möglichkeiten, stellen den Tisch mal der Länge, dann der Breite nach hin, aber es will einfach nicht klappen. Die Frau, die nicht meine Mutter ist, glaubt uns nicht und kommt heraus, um sich mit eigenen Augen davon zu überzeugen, dass wir nicht draußen essen können. Auf den Balkonen von Gebäuden wie dem unseren ist das nicht vorgesehen. Na ja, dann essen wir eben bei geöffnetem Fenster, wie immer bei schönem Wetter.

Wir wissen nicht, wie wir den Nachmittag verbringen sollen. Helena und ich beschließen, zu Fuß zu *Mammouth* zu gehen. Wir gehen an der Fabrik vorbei, die Feuerwerke herstellt, dann an der großen Gärtnerei. Wir gehen an der Straße entlang. Mehrere Autos hupen uns. Wir bereuen ein bisschen, dass wir zu Fuß losmarschiert sind. Und uns wird etwas mulmig. Weit und breit ist keine Menschenseele zu sehen, und wir beschließen, wieder umzukehren.

Die Vorschriften besagen, dass die Mieter ihre Wäsche nicht so auf dem Balkon aufhängen dürfen, dass man sie sieht. Unser Flügelwäscheständer reicht bis genau ans Geländer, ist also perfekt. Wenn die Frau, die nicht meine Mutter ist, die Bettlaken wäscht, hängt sie sie an einer Schnur auf und macht die Rollläden zu. »Das tun aber wahrlich nicht alle in unserem Haus«, merkt sie spitz an.

Der Teppichhändler geht durch die Straßen und schreit: »Teppiche, Freunde!« Er spricht mit den Männern, die sich aus dem Fenster lehnen. Er hat ein Käppchen auf dem Kopf und trägt eine Djellaba über der Hose.

Meine Großmutter serviert uns Zitronensirup und Gewürzkuchen, den sie in Scheiben schneidet. Mein Großvater liest die Zeitung und belegt einen Großteil des Tisches. Wir sitzen auf Stühlen, die knarren. Mein Vater schaut sich im Fernsehen die Leichtathletikmeisterschaften an. Ich sage zu meinem Halbbruder, er solle allein auf das Klo im Flur gehen.

Oft fangen die Matrosen, um sich zu vergnügen,
Den mächtigen Meeresvogel ein, den Albatros;
Dem Schiff, die bitteren Abgrund überfliegen,
Folgt er in Gleichmut der Fahrt gesellten Tross.
Charles Baudelaire

Meine Schwester will sich die Haare entkrausen lassen. Sie redet über nichts anderes mehr. Sie erträgt ihr Spiegelbild, ihr Gesicht, ihren Leberfleck mitten auf der Stirn nicht mehr. Meine Schwester malt sich schwarze Striche um die Augen. Mein Vater sagt, damit sei es vorbei, sobald sie wieder aufs Gymnasium geht.

Die Schule entfernt mich von meinem Zuhause, beschützt mich. In der Schule konstruieren wir unsere eigene Welt, die nicht die unserer Eltern ist. Wir erfinden ein fast wasserdichtes, paralleles Universum, in dem weder unsere persönliche Geschichte noch unsere Herkunft eine Rolle spielen. In der ärmlichen Vorortsiedlung sind wir alle, ohne es zu wissen, Kinder des Algerienkriegs. Uns ist nicht bewusst, dass Nordafrika in unseren Adern pulsiert. Pieds-noirs, Algerienfranzosen, Algerier und Harkis, die algerischen Soldaten in der französischen Armee, Kinder von Einwanderern wohnen dicht beieinander. Und diejenigen, die Franzosen von der Ardèche oder aus der Haute-Savoie sind, sind Kinder von Einberufenen, die nach Algerien geschickt wurden. Das ist unausweichlich. In allen Familienalben gibt es Fotos von Palmen und Bougainvilleas, auf allen Büfetts liegen Sandrosen. Der Krieg ist in allen Köpfen präsent. Doch wir Kinder stoßen nur auf Schweigen. Die Fragen, die wir daheim stellen, bleiben ohne Antwort. Wir gehen über noch glühende Kohlen, aber niemand will uns unsere Geschichte erzählen. Wir wissen, dass das Mittelmeer das Schicksal unserer Väter umspült hat, sie zu wehmütigen Männern gemacht hat. Und doch bringt niemand den Mut auf, uns über Einzelheiten des algerischen Wahnsinns aufzuklären.

Auch unsere Geschichtsbücher schweigen. Der Algerienkrieg steht nicht auf dem Lehrplan.

Die Frau, die nicht meine Mutter ist, hat mir ein Paar Schuhe mit Keilabsätzen gekauft. Es sind Sommerschuhe. Ich ziehe sie zur Schule an. Darüber trage ich eine weite, lange Hose, die meine Schuhe fast komplett verdeckt. Doch im Klassenzimmer kann man meine Schuhe sehen. Unsere Französischlehrerin will, dass wir die Tische in U-Form aufstellen. Und alle, die mir gegenübersitzen, können meine Schuhe sehen.

Im Biologieunterricht sollen wir einen Frosch sezieren. Manche Mädchen, die sich wichtig machen wollen, behaupten, dass sie das Skalpell nicht halten können. Sie machen einen auf kleines, naives Mädchen. Sie glauben, dass Mädchen sensibler sind als Jungen. Sie tun so, als würden sie gleich in Ohnmacht fallen. Die Jungen dagegen melden sich freiwillig zum Sezieren. Sie glauben, dass sie einen Beweis für ihre Männlichkeit erbringen müssen.

Es sind immer dieselben Fenster des Gebäudes gegenüber, hinter denen noch Licht brennt, wenn ich nachts aufstehen muss, um Pipi zu machen. Das im achten Stock rechts und das in der Mitte. Ein Fenster, das in der Nacht noch hell ist, hat immer etwas Geheimnisvolles.

In der großen Pause kaufen wir Schokocroissants. Der Erlös ist für eine Englandreise der Abiturienten bestimmt.

Bei schönem Wetter fahren wir an den Ain und machen am Ufer ein Picknick. Das Wasser ist zu kalt zum Baden, aber wir lassen weiße Kieselsteine über das Wasser hüpfen. Mein Vater hat seine Angelrute mitgebracht. Die Frau, die nicht meine Mutter ist, packt die Tupperware-Schüsseln mit der kalten Mahlzeit aus: Bohnensalat, Vinaigrette, Hähnchen, Kartoffelchips, Bananen und Streichkäse.

Mein Vater macht sich an der Fernsehantenne zu schaffen. Wir können das zweite Programm nicht empfangen. Er stellt die Antenne auf einen Hocker direkt neben den Fernseher. Aber wegen der Störgeräusche bekommen wir kein klares Bild. Er hält die Antenne mit gestrecktem Arm von sich, geht damit in Richtung des Balkons, verrückt den Hocker. Es nützt alles nichts, an diesem Abend können wir nicht fernsehen.

Durch die Eb'ne an Gartenmauern
Hinziehen die Fahrensleut'
Wo graue Wirtshäuser trauern
Durch Dörfer ohne Geläut.
Guillaume Apollinaire

Das Gymnasium ist ein Ort hemmungsloser Lachkrämpfe. Völlig unerwartet kann uns eine Welle packen, sich ausbreiten, anschwellen, abebben, um sich gleich darauf noch unkontrollierter aufzubäumen. Diese Lachkrämpfe überkommen uns einfach so. Im Physikunterricht wird aus *l'atome* – das Atom, *la tome* – der Band, und Helena erstickt fast vor Lachen. Der Mathelehrer will sich umdrehen und stößt dabei ungeschickt an den Abfalleimer, und diesmal sind es die hinteren Reihen, die loslachen. Lachanfälle sind unsere Rettung vor den Zwängen des Lernens, vor der eintönigen Stimme des Geschichtslehrers. Wir verbinden uns miteinander wie durch ein geheimnisvolles Band, fast einer *Union sacrée*. Mit unserem Gelächter heben wir uns von den Erwachsenen ab, ziehen eine klare Grenze.

Wir sind wilde Hunde, die sich leicht dressieren lassen. Wir entdecken das merkwürdige Vergnügen, zusammen zu sein, als kleine Bande von Aufsässigen, die ihre Rolle aber nur spielen. Wir lachen ohne jeden Grund, weil wir lernen, dass man über alles lachen kann. Wir lachen, weil wir nicht wissen, wie wir miteinander reden sollen. Wir wagen das, was wir zu Hause niemals wagen würden. Wir agieren vor Zeugen, müssen uns einen Platz erkämpfen, uns erst noch beweisen.

Die guten Schüler werden nicht mehr bewundert. Wir haben eine Schwäche für die Sitzenbleiber, die Störenfriede, die Trotzköpfe.

Hello! It's Bill. – Hi, Bill. Nice to hear you. Where are you? – I'm in London for the weekend with two friends, Dennis and Julie. Ich stehe mit Philippe Ramirez vor der Klasse. – *Great. Come over to my place and we can have tea together.*

Philippe Ramirez spricht Englisch mit einem leichten Pied-noir-Akzent.

Meine Schwester will unser Zimmer verändern. Sie will, dass wir die Betten und den Schrank umstellen. Sie hat gehört, dass man mit dem Kopf nach Norden schlafen soll. Die Frau, die nicht meine Mutter ist, bittet mich, sie gewähren zu lassen.

Mein Halbbruder fragt, ob er die Möbel in seinem Zimmer auch umstellen darf. Dabei weiß er gar nicht, wo Norden ist.

Meine Eltern wollen ein Telefon installieren lassen. Sie reden bei jedem Essen darüber. Das wäre eine Sensation. Ich könnte zu Hause bleiben und mich trotzdem mit Helena unterhalten.

Die Schule ist ein fortwährendes Schauspiel. Ein Ort, an dem ständig alles in der Schwebe ist. Man muss jeden Augenblick damit rechnen, an die Tafel gerufen zu werden. Dann steht man da und lässt die Arme herunterhängen, genau wie wenn man zum ersten Mal einen Jungen küsst. Man kommt sich nackt vor, im Gesicht oder zu drei Vierteln, und blickt wie gebannt auf das Gesicht des Lehrers, der etwas von einem erwartet, das nicht kommen wird. In der Schule lernt man, was Demut ist. Und Recht und Unrecht.

Meine Eltern wollen meine Schwester auf eine Spezialschule schicken. Sie telefonieren herum. Sie sagen, dass sich der Telefonanschluss schon bezahlt gemacht hat.

Wenn ich zu einem Turnwettkampf gehe, packe ich mein Mittagessen in einen beigefarbenen Stoffrucksack. Im *Casino* kaufe ich mir ein kleines Eisbein, Gervais-Käseecken und Chamonix Orange. Meine Schwester sagt, dass dieser Rucksack Mama gehört hat.

Jeder Schüler muss fünf Francs mitbringen, damit wir ins Theater gehen können. Die Eltern mussten eine Erlaubnis unterschreiben. Es wurde schon lange darüber geredet. Es ist ein Ereignis, Molière, ein kultureller Höhepunkt. Ein Bus holt uns vor der Schule ab und bringt uns nach Lyon ins Théâtre du Huitième. Die Jungen setzen sich im Bus ganz nach hinten. Helena sagt, Rachid hätte den Platz neben sich für mich frei gehalten. Alle drängen mich. Es tut mir leid für Helena, die nun allein bleibt, aber ich setze mich aufgeregt neben Rachid. Unsere Französischlehrerin erklärt uns, wie wir uns im Theater zu benehmen haben. Sie ist viel aufgeregter als wir. Uns gefallen an unseren Klassenausflügen die Busfahrten am besten. Während der Aufführung von *Der Bürger als Edelmann*, einer Ballettkomödie, flüstere ich Helena ins Ohr, was Rachid zu mir gesagt hat. Danach bin ich aber ruhig, weil wir hinterher einen Aufsatz über das Stück schreiben müssen. Am Theater gefällt mir, dass es so groß und dunkel ist. Mir imponieren auch die roten Samtvorhänge, die erahnen lassen, dass es noch andere Welten gibt als die ärmlichen Vorortsiedlungen.

Auf der Heimfahrt fragt mich Rachid, ob ich zum Teil Algerierin sei. Er sagt, er habe einen Blick dafür.

Wenn das Telefon läutet, geht die Frau, die nicht meine Mutter ist, dran und sagt: »Ja bitte?« Sie spricht so laut, dass wir die Zimmertür zumachen müssen.

Marie-Laure will mit dem Kunstturnen aufhören, weil sie sich zu muskulös findet. Sie behauptet, sie sähe schon wie ein Junge aus. Vor dem Training kommt Solange noch zu mir und wir messen mit dem Maßband den Umfang unserer Waden, unserer Schenkel und der Oberarme. Solange hat mehr Muskeln als ich. Was uns am meisten beeindruckt, ist unser flacher Bauch.

Bei den Europameisterschaften sehen wir zum ersten Mal Nadia Comaneci und beschließen, mit dem Kunstturnen weiterzumachen.

Ich sitze im Wartezimmer des Zahnarztes. Als ich eintreten darf, sage ich höflich guten Tag. Danach leide ich brav. Er muss mir einen Zahnnerv abtöten. Ich muss gegen Tränen ankämpfen. Nach der Prozedur bedanke ich mich höflich. Ich bin ein zu höfliches Mädchen.

Ich liebe die Tage, an denen wir *Arme Ritter* essen. Die Frau, die nicht meine Mutter ist, macht die Küchentür zu, damit man das Anbraten nicht in der ganzen Wohnung riecht. Mein Halbbruder darf die Brotscheiben im Eigelb wenden. Ich lege sie in die Pfanne und drehe sie um. An solchen Tagen essen wir halb im Stehen.

Die Frau, die nicht meine Mutter ist, schaut uns in den Mund. Sie fühlt unsere Stirn, misst unseren Puls. Sie redet von einer Erkältung, bildet sich ein, wir hätten erhöhte Temperatur. Sie wirft mir vor, dass ich mich nicht warm genug anziehe, manchmal im Pulli aus dem Haus gehe.

Das Essen ist fertig. Mein Vater ist noch nicht da. Die Frau, die nicht meine Mutter ist, geht in der Küche hin und her, deckt den Tisch, schaut noch einmal aus dem Fenster und sagt dann, ich solle meinen Vater vom Boule-Platz holen. Ich lasse mir Zeit beim Anziehen der Schuhe, weil ich hoffe, dass mein Vater jeden Augenblick zurückkommt. Als ich vor dem Haus die Stufen hinuntergehe, warte ich ab, um zu hören, ob ein Mofa heranfährt. Nein, nichts. Mit den Händen in den Taschen meiner Strickjacke gehe ich die Straße hinunter, die zum *Casino* führt. Ich spüre den Blick der Frau, die nicht meine Mutter ist, in meinem Rücken. Ich gehe an *La Vigne* und *Le Jardin* vorbei und überquere nach dem Arbeitsamt die Straße. Ich gehe um den Marktplatz herum und komme in die Nähe der Sportanlagen. Die Boule-Plätze befinden sich ganz am Ende. Ich gehe an einem Drahtzaun entlang, lande auf einem großen Vorplatz, auf dem kleine Staubwolken herumwirbeln. Niemand achtet auf mich. Ich hoffe, dass ich meinen Vater bald entdecken werde. Ich gehe weiter, bleibe schließlich auf dem Platz stehen. Meine Augen huschen über die Anlage. Es sind noch etliche Männer da. Die Sonne geht schon unter, es ist aber noch einigermaßen hell. Ich gehe auf eine Baracke zu, in der zweifellos eine Kneipe ist. Im Inneren ist es düster und verraucht. Ich fühle mich unwohl an diesem Ort, der nur Männern vorbehalten ist. Ich traue mich nicht weiter. Einen Moment lang bleibe ich unsicher in der Tür stehen und will eigentlich gar nicht wissen, ob mein Vater hier ist. Ich höre Satzfetzen, laut gebrüllte Wörter, auf Französisch und Arabisch. Gelächter, Gespött, heftig geäußerte Ausdrücke. Ich höre: »Wenn es dir hier nicht gefällt, dann geh doch in dein Land zurück!«

Ich will nicht sehen, was in dieser Baracke vor sich geht. Männer, die trinken, Karten oder Domino spielen. Ich ziehe mich zurück. Ich mache auf dem Absatz kehrt und gehe wieder nach Hause. Ich hoffe, dass mein Vater mir auf seinem Mofa zuvorgekommen ist. Vielleicht haben sich unsere Wege ja gekreuzt. Als ich die Wohnung betrete, sage ich, dass ich ihn nicht gefunden habe. Wie an dem Tag, als Madame Durel mich losgeschickt hat, um die Mutter von Maryse Blacher zu holen, sage ich, dass ich meinen Vater nicht gefunden habe. Doch dieses Mal lüge ich nicht. Ich sage die Wahrheit, habe aber dennoch ein schlechtes Gewissen. Ich will keine Komplizenschaft zwischen der Frau, die nicht meine Mutter ist, und mir. Ich will meinen Vater nicht verraten. Aber ihretwegen musste ich in der Baracke Wörter hören, die ich »später« verstehen werde.

$a \times b + a \times c = a \times (b + c)$

Mein Onkel sitzt auf dem Sofa in unserem Esszimmer. Er drückt seine Zigarette in dem Standaschenbecher aus. Wenn er auf den Stift in der Mitte drückt, verschwindet die Zigarette. Die Frau, die nicht meine Mutter ist, reißt das Fenster auf, um zu lüften. Nach einer Weile spricht mein Onkel vom Djebel, von seinem Schnellfeuergewehr und von *Fellouses* im Hinterhalt. Er gestikuliert wild und benennt meinen Vater zum Zeugen. Er vergisst, dass er zu meiner Geburtstagsfeier eingeladen wurde. Er beginnt mit seinen Geschichten von Nächten und Angst. Mein Vater wirkt verlegen. Er steht auf, um eine Flasche zu öffnen, dann bittet er ihn höflich, eine neue Schallplatte aufzulegen.

Frucht, die du das Messer fliehst,
Schönheit, die das Echo süßt,
Morgenrot und Zangenschlund,
Paar, das man zu trennen giert,
Frau, die in der Schürze schwitzt,
Finger, der die Mauer ritzt,
Desertiert! Desertiert!
René Char

Ich muss an Rachids Frage denken. *Wenn der Papa die Mama sehr lieb hat, ist er in der Lage, sein* französisches *Glied in ihre* algerische *Vagina einzuführen.*

In der Schule lerne ich, dass sich die Erde dreht, erfahre vieles über den Mond und die Sonne, Venus, Uranus und Jupiter. Ich lerne, was die Erdanziehungskraft ist, die Schwerkraft, Newtons Apfel. Ich höre vom Meridian von Greenwich, vom Golfstrom, von den Nordlichtern.

Ich erfahre alles über den Sehnerv, die Pupille und die Iris. Ich lerne, was Handwurzel und Mittelhandknochen sind, das verlängerte Rückenmark, der Hypothalamus.

Ich lerne, Abend für Abend. Ich wiederhole Formeln, Sätze, Gedichte. Ich wiederhole sie in meinem Zimmer, am Fenster. Ich schlucke, horte, zerkaue die Welt und käue sie wieder. Ich stoße mehr oder weniger in die Unendlichkeit vor.

Ich kann lernen so viel ich will, mich anstrengen, alle Lektionen zu lernen, die in meinen Büchern stehen, ich kann alle vorgeschriebenen Phrasen aufsagen, so oft ich will. Ich weiß, was mir die Schule nie beibringen wird.

Ich lerne die Geschichte von fernen Völkern, die Geschichte von anderen, der Gallier, der Römer und Ägypter. Ich lerne, wer Odysseus und der Zyklop waren. Das Quartär, die Mammuts, die Steinzeit. Ich lerne über die Entdeckung Amerikas, alles über die Inkas, die Wikinger und die Hunnen. Aber niemand erzählt mir etwas über meine eigene kleine Geschichte, wie ich das Mittelmeer überquert habe, mein persönliches trauriges Epos.

Ich sitze mit meiner Schwester auf dem *grünen Gestell.* Ich bin schon zu groß, um einen Kniehang zu machen. Wir sitzen uns genau gegenüber. Wir lassen unsere Beine baumeln. In der Wohnung war es zu heiß. Kein Lüftchen weht, nichts rührt sich. Meine Schwester schaut mich an. Wir haben alle Zeit der Welt. Es kommt mir vor wie eine kleine Ewigkeit. Meine Schwester ist zu mir zurückgekehrt und ich kann ihr endlich meine Frage stellen. Ich frage sie, zwei Meter über dem Boden, ob sie sich an Algerien erinnert. Auf dem *grünen Gestell* balancierend, auf Metallsprossen, die an meinen Schenkeln glühen, frage ich meine Schwester, ob sie sich noch an Mama erinnert.

Die zitierten Gedichte sind, wenn nicht anders angegeben, von der Übersetzerin Anne Braun übertragen.

S. 14 und 20: Paul Verlaine: Il pleure dans mon coeur
(übertragen von Wilhelm Richard Berger, aus: Gedichte: Französisch/Deutsch, Philipp Reclam jun. Stuttgart, 1988; Universalbibliothek Nr. 8479)
S. 22: Maurice Carême: Le brouillard (Der Nebel)
S. 26: Arthur Rimbaud: Voyelles (Vokale)
(übertragen von K. L. Ammer, aus: Französische Dichtung Band 3, zweisprachig, Verlag C. H. Beck, München 1990; Hrsg. Friedhelm Kaup und Hans T. Siepe)
S. 32: Robert Desnos: Le pélican
S. 50: Émile Verhaeren: Les hôtes
S. 54: Jacques Prévert: En sortant de l'école
S. 76: Gérard de Nerval: Fantaisie
S. 96: Victor Hugo: Demain, dès l'aube …
S. 99: P. Verlaine: Mon rêve familier
Übertragen von Hannelise Hinterberger, aus: P. Verlaine Gedichte, Französisch-Deutsch; Jakob Hegner Verlagsbücherei, Köln © 1967
S. 111: A. Rimbaud: Le dormeur du val
(übertragen von Stefan George, entnommen aus: Französische Dichtung Band 3, zweisprachig, Verlag C. H. Beck, München 1990; Hrsg. Friedhelm Kaup und Hans T. Siepe)
S. 118: P. Verlaine: Mon rêve familier
S. 126: Charles Baudelaire: L'Albatros (Der Albatros)
(übertragen von Wilhelm Richard Berger; aus: Die Blumen des Bösen, Steidl Verlag, Göttingen, 1986)
S. 129: Guillaume Apollinaire: Saltimbanques
(Aus dem Gedicht: Fahrende Gaukler, © Hermann Luchterhand Verlag GmbH, Neuwied und Köln; 1969; Poetische Werke
S. 136: René Char: Conseil de la sentinelle
(Ratschlag des Postens). In: Die Bibliothek in Flammen u. andere Gedichte. Dt. von Gert Henniger. Fischer Taschenbuch Verlag 1992